Jurenka Jurk

Verliebt bis in die Haarspitzen

Das Buch

Helen ist noch dabei, über ihr letztes peinliches Liebesabenteuer hinwegzukommen, da versucht ihre Freundin sie schon wieder zu verkuppeln; das glaubt Helen zumindest. Nach der erotischen Kopfmassage vom charmanten Friseur Fabian ist es dann auch tatsächlich um sie geschehen. Zu dumm nur, dass Yvonne ihr nicht alles gesagt hat: Der Maestro der Haarspitzen ist nämlich schwul! Helen kann das nicht glauben und schlittert daraufhin geradewegs in ihre bisher größte Männerkatasrophe ...

Die Autorin

Jurenka Jurk lebt am Bodensee bei Konstanz. 2009 schloss sie den Studiengang Kreatives Schreiben an der IB-Hochschule Berlin mit dem Master of Advanced Studies ab. Seither arbeitet sie als Autorin und unterrichtet in ihrer Schreibschule „Schreibfluss“. Weitere Informationen auf www.schreibfluss.com.

Jurenka Jurk

Verliebt bis in die Haarspitzen

Roman

spiritbooks

1. Auflage
April 2012

Verlag: spiritbooks, www.spiritbooks.de
Autor: Jurenka Jurk
Herausgeber: Ulrike Dietmann
Coverfotos: Shutterstock und Fotolia
Umschlaggestaltung: Simone Herbener
Druck: Pressel Digitaler Produktionsdruck
Printed in Germany
ISBN: 978-3-9815110-1-7

1

„Du kennst ihn doch gar nicht!“

„Und ich werde ihn auch nicht kennenlernen, weil ich nicht mitgehen werde!“, wehrte Helen starrköpfig den Vorschlag ihrer Freundin ab.

„Ach, komm schon. Er ist neu in der Stadt und wirklich ein süßer Typ.“ Yvonne stand vor dem großen Spiegel im Bad und steckte ihre langen blonden Haare hoch, um sich zu schminken.

Helen seufzte, während sie das seidige Haar ihrer Mitbewohnerin sehnsüchtig bewunderte. Sie selbst sah neben Yvonne blass wie die Wand aus und ihre dunklen Locken standen viel zu wirr und ungezähmt vom Kopf ab.

Yvonne hatte leider ihren wehmütigen Blick entdeckt. „Na los! Mach mal wieder was aus dir. Das wird dir gut tun“, forderte sie Helen auf. „Und wenn du schon nicht mit ins Piranha willst, dann ist die Party danach im Club Indochine die Gelegenheit, um rauszukommen.“

„Schau mich doch an!“ Helen zog an einer ihrer

kastanienbraunen Locken und ließ sie zurückspringen. Jetzt stand der Haarbüschel noch weiter ab als vorher. „So kann ich eh nicht weggehen."

Verschwörerisch deutete Yvonne auf Helens Kopf. „Der wilde Wischmob da wird nicht besser, wenn du nichts dagegen tust. Und wenn du dich weiterhin versteckst, kannst du auch keinen Mann kennenlernen. Das solltest du aber, denn du bräuchtest dringend guten Sex für dein Selbstbewusstsein", teilte sie ihr unverfroren mit.

Helen schnappte nach Luft und spürte, wie ihre Wangen heiß wurden. Was für eine Verräterin ihre Freundin doch war! Yvonne sollte sie aufbauen, nicht weiter erniedrigen. Sie hatte nicht immer so jungfräulich gelebt. Nur eben in letzter Zeit. Ehe sie die Worte wiedergefunden hatte, fuhr Yvonne fort: „Du musst wieder raus und unter Leute!"

„Ich bin unter Leuten, den ganzen Tag", polterte Helen los.

„Das nennst du unter Leuten sein? Schweigend mit einer anderen Bühnenbildnerin in einem Kabuff bei Radiomusik arbeiten? Überhaupt verstehe ich nicht, warum du den Job angenommen hast. Du verkaufst dich unter deinem Wert." Yvonne unterbrach ihr Wimperntuschen, um ihr durch den Spiegel einen vorwurfsvollen Blick zuzuwerfen.

Helen fühlte ihren Groll wachsen. „Und daran bist du natürlich ganz unschuldig!" Sie stemmte die Arme in die Hüften. „Du hast mir doch geraten, mit dem ach-so-schnuckeligen Regie-Assistenten etwas anzufangen." Yvonne setzte an, um etwas zu erwidern, aber Helen ließ ihr keine Chance. „Zu dumm, dass wir noch im Theater in Fahrt kamen und prompt von der Theaterleitung erwischt wurden. Ist ja klar, dass dieser Regie-Assistenten-Blödmann befördert und mir gekündigt wurde. Wiedergesehen habe ich ihn auch nicht mehr. Und jetzt arbeite ich in diesem Winzlings-Theater für einen Hungerlohn. Dabei hatte ich den Anschlussvertrag für das Folgeprojekt schon so gut wie in der Tasche!" Sie hätte platzen können vor Wut, wenn sie nur daran dachte.

„Du hattest eben Pech", entgegnete Yvonne tröstend.

„Pech nennt man es, wenn es nur einmal vorkommt." Helen schnaubte verächtlich. „Mir passiert so etwas dauernd. Soll ich dir auf die Sprünge helfen?"

Yvonne verdrehte die Augen. „Verschone mich mit deinen deprimierenden Männergeschichten. Es bringt doch nichts, sich in Selbstmitleid zu suhlen!"

Aber Helen kam jetzt erst richtig in Fahrt: „Du erinnerst dich bestimmt noch an diesen wahnsinnig gut aussehenden Kerl auf der einen Party. Eine tolle Knutscherei war das! Besonders schön war die Szene danach! Als meine Ex-beste-Freundin Barbara überraschend aus dem Ausland wiederkam und sich herausstellte, dass der Kerl, den ich mir geangelt hatte, ihr Freund war."

„Du kanntest ihn nicht. Du konntest nichts dafür", versuchte Yvonne, ihren Redeschwall zu unterbrechen. „Und jetzt Stopp! Hol mal Luft." Sie legte ihre Schminkutensilien zur Seite. „Es tut mir leid, dass du immerzu Katastrophengeschichten erlebst." Yvonne machte einen Schritt auf sie zu und strich ihr über die wilden Locken. „Nur ist die Letzte schon ziemlich lange her und als deine Freundin sage ich dir, dass es an der Zeit ist, neu anzufangen. Irgendwann hast auch du mal Glück."

„Mit Sicherheit nicht heute!", fauchte Helen trotzig. „Und ich will nicht, dass du ständig versuchst, mir Männer anzudrehen!" Sie reckte ihr Kinn herausfordernd vor.

Yvonne nickte beschwichtigend. „Ist gut."

„Versprich es!"

„Ja, ich verspreche es. Trotzdem schade. Der neue Kollege hätte dein Typ sein können. Aber was soll's? Vergiss die Kerle, ich habe eine viel bessere Idee!"

Helen warf Yvonne einen warnenden Blick zu. Ihre Mitbewohnerin und Freundin war mal wieder nicht zu bremsen in ihrem unermüdlichen Eifer, für das Glück anderer Menschen zu sorgen. Nur machte sie dabei meist alles schlimmer.

„Keine Bange. Es wird dir gefallen", versicherte sie und drängelte sich an Helen vorbei in den geräumigen Wohnraum der Züricher Dachwohnung. Kurz darauf kehrte sie mit einem Terminplaner zurück ins Bad. „Sag mal, du hast doch noch immer keinen neuen Friseur gefunden, oder?“

„Stimmt“, gab Helen misstrauisch zu. Der Themenwechsel erschien ihr zu abrupt. Normalerweise ließ Yvonne nicht so schnell locker.

„Kein Wunder, dass es dir da nicht gut geht!“

Ja, das hatte auch zu Helens Pech gehört. Ihr Lieblingsfriseur, bei dem sie sich richtig wohlgefühlt hatte, war in eine andere Stadt gezogen. Mindestens alle zwei Wochen war sie bei ihm gewesen, um ihre Löwenmähne zähmen zu lassen und ihr Herz auszuschütten.

„Was hast du jetzt schon wieder vor?“, fragte Helen halb neugierig, halb argwöhnisch und beäugte ihre Freundin, die wild in ihrem Terminplaner blätterte.

„Da ist sie ja!“ Yvonne zog eine kleine Karte hervor und versteckte sie geheimnistuerisch hinter ihrer Hand. „Was machst du heute Abend um sechs?“, wollte sie nun wissen.

Irritiert verfolgte Helen die Handbewegung. „Joggen gehen, wie jeden Abend.“

„Lauf lieber morgen eine doppelte Runde. Denn heute gehst du zu Renk!“, verkündete Yvonne triumphierend.

Helen riss ihre Augen ungläubig auf. Das konnte Yvonne unmöglich ernst meinen. „Ich würde dort nie einen Termin bekommen!“, erhob sie Einspruch.

Richard Renk war der Starfriseur der Stadt und Persönlichkeiten mit Rang und Namen standen bei ihm Schlange. Sterblichen blieb die Pforte dagegen verschlossen.

Schon oft war sie an dem stilvollen Salon vorbeigeschlendert und hatte sich vorgestellt, wie sie dort verwöhnt werden würde, wenn sie nur einen Termin bekäme. ‚Ein Ansprechpartner für alle ihre Bedürfnisse rund ums Haar' war der Slogan. Hektik war dort verboten. Es gab auch keine unerfahrenen, plappernden Praktikanten, die einem das Haar wuschen. Vom Eintreten bis zum Hinausgehen hatte man angeblich den persönlichen Friseur an der Seite. Eine Bekannte hatte sogar behauptet, dass man nur nach einem Hamburger fragen bräuchte und sie würden sofort jemanden losschicken, um einen zu besorgen!

Yvonne wedelte mit der Karte vor Helens Nase herum. „Du nimmst einfach meinen Termin und segelst unter meiner Flagge."

„Das geht nicht! Ich meine, ich kann das nicht. Du kennst mich. Ich kann doch nicht lügen und mich als Yvonne ausgeben! Das geht garantiert schief", stotterte Helen.

„Ach was! Das klappt schon." Yvonne legte die Karte provozierend auf den Schminktisch und widmete sich wieder ihrem Spiegelbild. „Und ich gehe einfach ein anderes Mal."

„Das kann ich nicht annehmen!", lehnte Helen

aufgebracht Yvonnes Angebot ab. „Ich weiß genau, wie lange du dich darauf gefreut hast.“ Yvonne hatte all ihre Beziehungen spielen lassen müssen, um bei Renk einen Termin zu ergattern.

„Natürlich kannst du!“, entschied Yvonne. „Mir passt es eh nicht so gut. Ich habe später Einzelprobe mit Eric. Und ich glaube, wir brauchen heute etwas mehr Zeit, um uns von persönlichen Blockaden zu befreien.“ Yvonne blinzelte Helen vielsagend zu. „Ich muss jetzt los. Falls du es dir anders überlegst und du heute Abend mit ausgehen willst, schreib mir eine SMS. Aber was Renk angeht, keine Widerrede!“ Yvonne stürmte an der sprachlosen Helen vorbei, schlüpfte in ein Paar Slingpumps und griff nach ihrer Handtasche. „Ach übrigens, der Friseur, bei dem ich angemeldet bin, heißt Fabian Kehrbusch. Die ganze Stadt schwärmt von ihm, er ist ein absoluter Traum. Du musst dir wohl um deine Locken keine Sorgen machen.“

Da war also der Haken. Helen baute sich vor ihrer Freundin auf. „Klar, ein Mann! Du willst mich doch bloß verkuppeln, oder? Dabei hattest du es mir versprochen!“

Yvonne hatte bereits die Türklinke in der Hand. „Halleluja, jetzt mach mal einen Punkt!“, fuhr sie Helen an. „Mit *dem* sicher nicht! Ich möchte einfach nur meine lustige und fröhliche Freundin Helen zurück, die hier früher mit mir gewohnt hat. Sag ihr einen Gruß, falls du sie treffen solltest. Ich vermisse sie!“ Mit den letzten Worten knallte Yvonne die Tür ins Schloss. Das Klackern ihrer Absätze hallte in Helens Ohren nach.

Plötzliche Einsamkeit überfiel sie in der leeren Wohnung. Sie wusste, dass Yvonne recht hatte, und durfte ihre Laune nicht länger an ihr auslassen. Wie gerne wollte sie aus ihrem Versteck heraus. Schließlich sehnte sie sich nach Liebe. Aber die letzte Katastrophe hatte ihr endgültig das Vertrauen in ihr Glück genommen.

In vier Wochen beendete sie ihren unspektakulären Job. Sie hatte ihn angenommen, um sich erst mal die Wunden zu lecken und nicht mitbekommen zu müssen, wie sie zum Tratschthema Nummer eins wurde. Nur riskierte sie damit ihre Karriere. Sie hatte bereits einige begehrte Preise als Bühnenbildnerin gewonnen, aber wenn sie nicht am Ball blieb, hatte sie sich umsonst dafür abgerackert. Wenn sie das verhindern wollte, musste sie leider wieder unter Leute. Auf der Premierenparty, zu der Yvonne sie mitschleppen wollte, könnte sie Kontakte mit Regisseuren und anderen interessanten Personen knüpfen.

Unentschlossen und mit gemischten Gefühlen machte sich Helen kurz vor sechs auf den Weg zum Friseur.

„Yvonne Petterfy, ich habe einen Termin“, stellte sich Helen mit falschem Namen vor. Sie schob ihre

Karte mit ausgestrecktem Arm über die Theke und strich sich nervös eine Locke hinters Ohr. Die Frau am Empfang musterte Helen abschätzig und suchte gelangweilt den Eintrag im Terminbuch.

„Um sechs. Bei Fabian Kehrbusch", hakte Helen ungeduldig nach und deutete auf den Eintrag, den sie bereits entdeckt hatte.

„Ah ja. Bitte setzen sie sich noch einen Moment. Herr Kehrbusch wird gleich bei Ihnen sein." Die Dame rang sich ein Lächeln ab und zeigte auf ein paar Rattansessel, die von ausladenden Topfpflanzen umgeben in einer Ecke standen.

Helen ärgerte sich über die arrogante Angestellte. Aber was hatte sie anderes erwartet von einem Star-Friseursalon? Sie hätte nicht herkommen sollen, sie passte nicht in diese Umgebung. Zudem musste sie schwindeln, um hier sein zu dürfen, und gerade das bereitete ihr Sorgen. Einen Augenblick überlegte sie, ob sie wieder gehen sollte. Aber wie hätte sie das Yvonne erklären sollen, die ihretwegen auf diesen Termin verzichtet hatte? Also marschierte sie entschlossen auf die Sitzgruppe zu.

Unter den üppigen Pflanzen fühlte sich Helen wie in einer Dschungelhöhle. Aus versteckten Lautsprechern ertönte leises Vogelgezwitscher und ein kleiner Zimmerspringbrunnen plätscherte gemütlich vor sich hin. Helen ließ sich in einen der großen Sessel fallen und atmete tief durch. Der Duft von Lilien lag in der Luft und sie entdeckte einen riesigen Blumenstrauß in einer Bodenvase.

Auf dem Tischchen vor ihr stapelten sich einige Zeitschriften und vorsichtig versuchte sie, eine der unteren herauszuziehen. Gerade als sie die schöne Wohnzimmereinrichtung auf dem Titelblatt besser erkennen konnte, gerieten die obersten Zeitungen unaufhaltsam ins Rutschen. Klatschend landete der Haufen auf dem Boden.

„So ein Mist!", fluchte Helen leise und kniete sich nieder, um das Chaos zu beheben. Eilig schmiss sie die Zeitschriften wieder zurück auf den Tisch. Hoffentlich hatte die arrogante Empfangsdame nichts bemerkt. Aus dem Augenwinkel nahm sie plötzlich eine Bewegung wahr und schaute erschrocken auf. Wie aus dem Nichts herbeigezaubert, stand ein Mann vor ihr. Er hatte kurze, hellbraune Locken und eine athletische Figur. Auf der Mitte seines markanten Kinns befand sich ein kleines Grübchen. Aber es waren seine dunkelbraunen, samtenen Augen, die ihren Blick in den Bann zogen. Sie schienen kleine, goldene Funken zu sprühen. Helen starrte ihn wie hypnotisiert an.

Das Geräusch von erneut hinunterfallenden Zeitschriften ließ sie aufschrecken. Hastig schob sie die Papierflut zusammen, rutschte auf einer Illustrierten aus und stieß gegen die große Bodenvase. Mit einem Satz sprang der Mann neben sie und fing die Vase auf.

„Sie scheinen mir eine umwerfende Persönlichkeit

zu sein." Er grinste verschmitzt. Helen spürte, wie ihr die Schamesröte ins Gesicht stieg. „Ich bin übrigens Fabian Kehrbusch." Er streckte ihr seine Hand entgegen.

Sein Händedruck war fest und warm. „Ich bin Helen Kreuzer", kam es ihr endlich über die Lippen.

Fabians Augen weiteten sich erstaunt. „Oh, ich dachte, Sie seien Yvonne Petterfy."

Ihr wurde heiß. „Nein. Ja, ich meine ...", stammelte sie. Das war ja so klar gewesen, dass sie sich schon in den ersten fünf Minuten mit ihrer Lüge verplappern würde.

„Ah, ich verstehe." Fabian zog die Augenbrauen hoch. „Ein Künstlername, nicht wahr? Wie möchten Sie denn lieber angesprochen werden? Mit Yvonne Petterfy oder Helen Kreuzer?"

„Einfach nur Helen", sprudelte sie erleichtert hervor und biss sich sofort auf ihre Unterlippe. Wäre sie doch bloß vorhin gegangen! Sie machte sich vor diesem attraktiven Mann total lächerlich.

„Darf ich dir etwas zu trinken anbieten, Helen?" Fabians Blick ruhte auf ihr. Er schien ihr Unbehagen zu spüren und berührte sie leicht am Arm. In ihrem Bauch begann es zu kribbeln und sie nickte stumm.

„Lass uns dort hinüber gehen." Er zeigte in den Salon hinein. „Hier wird sich Sophia um alles kümmern." Bereits im Gehen winkte er nach der Empfangsdame und deutete dann auf das Chaos im Warteraum. Die angesprochene Frau kam sofort herangeeilt und lächelte Fabian zuckersüß an. Helen war froh, schnell den Ort der Katastrophe verlassen zu können.

Kurz darauf fand sich Helen mit einer Tasse Yasmintee auf einem Frisierstuhl wieder und atmete tief den aufsteigenden Duft ein. Stellwände im japanischen Stil umschlossen den Frisierspiegel und ein Waschbecken. Diskretion wurde hier wohl groß geschrieben, stellte Helen fest.

„Bist du beim Theater? Dein Name kommt mir so bekannt vor?" Fabian holte einen Frisierumhang aus einem kleinen Schrank.

Sie trank einen Schluck von dem heißen Tee und verbrannte sich den Mund. „Ich bin Bühnenbildnerin", brachte sie zwischen den schmerzenden Lippen hervor.

„Ich glaube, du bist die erste Bühnenbildnerin, die ich kennenlerne, die einen Künstlernamen hat", bemerkte Fabian schelmisch.

Verlegen schaute Helen in ihren Becher. Es hatte keinen Sinn, so weiterzumachen. Sie würde es nur verschlimmern, wenn sie jetzt nicht die Wahrheit sagte. „Yvonne Petterfy ist meine Freundin. Sie ist Musicaldarstellerin und hat mir ihren Termin überlassen. Ich habe mich hier unter falschem Namen eingeschlichen", gestand sie leise.

Helen konnte hören, wie Fabian scharf einatmete.

Garantiert warf er sie gleich hinaus. Sie war eine Hochstaplerin und Fabian würde sie vor dem ganzen Friseursalon bloßstellen.

In diesem Moment vernahm sie ein Räuspern und ein sportlicher Herr mit ergrauten Schläfen trat hinter den japanischen Stellwänden hervor.

„Schönen guten Tag Frau Petterfy, mein Name ist Richard Renk. Ich möchte Sie herzlich bei uns begrüßen. Ist alles zu Ihrer Zufriedenheit?“ Er streckte Helen seine Hand entgegen.

„Entschuldigung, darf ich Helen Kreuzer vorstellen?“ Fabians Ton war kühl.

Richard Renk zog seine Hand zurück und schaute Fabian verwundert an. Helen spürte einen Kloß in ihrem Hals. Das würde der Höhepunkt ihrer Erniedrigung werden. Sie würde von Renk persönlich hinausbefördert werden.

„Sie ist als Privatperson hier und möchte unerkannt bleiben“, sagte Fabian, ohne mit der Wimper zu zucken.

Richard Renk runzelte einen Moment die Stirn und lachte dann kurz und trocken auf: „Oh, natürlich! Sie sind bei Herrn Kehrbusch in den besten Händen. Genießen Sie ihren Besuch bei uns!“ Er griff nach Helens Hand, doch anstatt sie zu schütteln, hauchte er einen Kuss darauf. Dabei schaute er ihr tief in die Augen, wirbelte auf dem Absatz herum und verschwand.

Nur langsam löste sich Helens Blick von dem

Punkt, an dem eben noch der Starfriseur persönlich gestanden hatte. Sie wandte sich Fabian zu, der sie mit einem amüsierten Lächeln betrachtete.

„Hat er dich umgehauen?"

Helen verstand nicht, was Fabian meinte.

„Ich meine meinen Chef", half Fabian nach.

Helen schüttelte ihren Kopf. Nicht Richard Renk hatte sie umgehauen, sondern Fabian. Er hatte sie gerade aus einer riesen Peinlichkeit gerettet. „Danke, dass du mich nicht verraten hast."

„Gerne und jederzeit wieder." Fabian hatte das wirklich mit Vergnügen getan. Auch wenn er sich dafür Ärger mit seinem Chef einhandeln könnte.

Er betrachtete Helen, wie sie ihn mit ihren großen, wasserblauen Augen anschaute. Die dunklen, etwas wirren Locken rahmten ihr Gesicht perfekt ein. Er hatte gleich bemerkt, dass sie nicht diese hauchfeine Arroganz ausstrahlte, die viele der Stars an sich hatten, die hierher kamen. Wie hätte er diese wunderschöne Frau mit dem natürlichen Charme dem zynischen Spott seines Chefs preisgeben können?

Andererseits hatte er seinen Chef gerade angelogen. Es war nicht seine erste Lüge, aber diese konnte viel leichter auffliegen und das würde übel für ihn enden. So etwas hatte er noch nie für eine Frau getan. Schnell verdrängte Fabian den Gedanken und begann, nervös mit einem Kamm zu spielen. „Wir sollten ein paar Details klären. Was für eine Frisur darf ich dir denn machen?"

„Diese Mähne muss einfach nur gebändigt werden", erklärte Helen. Sie wirkte jetzt deutlich entspannter. „Geschnitten werden soll nur das Nötigste. Ich wünsche mir schöne, ausgeformte Locken. Nicht so eine Wolle."

Fabian befühlte professionell Helens kräftiges Haar. „Das kriegen wir hin." Er lächelte ihr ermutigend zu. Dabei fiel sein Blick durch den Spiegel auf ihre Augen. Er spürte, wie ein zartes Prickeln sich in seinem Körper ausbreitete.

Wenig später legte Helen ihren Kopf in die Ausbuchtung des Waschbeckens und warmes Wasser floss über ihr Haar. Sie fühlte, wie Fabians Finger sich durch ihre Locken bahnten. Leise knisterte Schaum an ihrem Ohr.

Fabian begann, langsam und rhythmisch ihre Kopfhaut zu massieren. Die Welt verschwamm um Helen und sie schloss die Augen. Behutsam kreisten seine Fingerspitzen auf ihrer Haut und bewegten sich auf Helens Stirn zu. Plötzlich waren sie nicht mehr in ihrem Haar, sondern strichen über ihre Stirn. Helen versteifte sich einen Augenblick, ergab sich dann aber Fabians Händen. Vorsichtig erforschten diese ihre Schläfen, fuhren zart um ihre Ohren und glitten in ihren Nacken. In ihrem Bauch explodierte ein kleines Feuerwerk. Die Bedächtigkeit, mit der seine Finger über ihren Kopf wanderten, ließ Helen erschauern. Sie stellte sich vor, wie Fabians Hände von ihrem Kopf, den Hals hinab, über Rücken, Po und Schenkel streichelten. Und wieder hinauf. Helen konnte kaum noch atmen. Was für ein wundervoller Traum! Wie lange hatte sie solche Berührungen nicht mehr genossen und wie sehr sehnte sich ihr ganzer Körper danach? Das sanfte Rauschen von Wasser holte Helen viel zu früh aus ihrer zauberhaften Fantasiewelt zurück und ein warmer Schwall spülte den Schaum aus ihren Haaren.

Fabian schlang ihr ein Handtuch um den Kopf und Helen konnte ihm aus Scham nicht in die Augen schauen. Als sich ihre Blicke endlich trafen, lächelte er verlegen. „War das gut so?", fragte er leise.

Helen räusperte sich und brachte mühsam ein krächzendes „Ja" hervor.

Das war das Heißeste, was sie seit langer Zeit erlebt hatte. Aber du weißt, wie das endet Helen Kreuzer, wenn erst mal das berühmte Kribbeln anfängt, ermahnte sie sich selbst. Wenig später ist dein ganzer Verstand benebelt und du lässt dich zu Dingen hinreißen, die in einer neuen Katastrophe, verheulten Nächten und einem gebrochenen Herzen enden. Andererseits war träumen ja nicht verboten, überlegte sie. Solange es dabei blieb.

2

Helen stand vor ihrem Kleiderschrank und warf ein Oberteil nach dem anderen auf das Bett, wo schon ein Stapel mit Röcken und Hosen lag. Dann fiel ihr Blick in den Wandspiegel. Endlich saßen ihre störrischen Locken so auf ihrem Kopf, wie sie es wollte. Ihre Haare waren hochgesteckt, bis auf einige Strähnchen. Außerdem steckten zwei azurblaue Federn keck in der Haarpracht. Sie war schon geschminkt und erkannte sich selbst kaum wieder. Helen lachte ihr Spiegelbild an.

Der Radiowecker neben ihrem Bett verkündete, dass es bereits 22:43 Uhr war. Helen hatte noch immer kein passendes Outfit gefunden. Nervös stöberte sie den Kleiderstapel durch. Während des Föhnens hatte Fabian ihr versprochen, auch zu der Party zu kommen. Zum Abschied hatte er ihr ein Küsschen auf die Wange gegeben und Helen wäre beinahe umgekippt, hätte Fabian sie nicht am Ellenbogen festgehalten. Sie entschied sich für einen kurzen dunkelblauen Seidenrock und ein türkisfarbenes Oberteil mit Wasserfallausschnitt.

Sie schaute erneut auf die Uhr. In zwei Minuten fuhr die Tram. Mit ihren 8-cm-Riemchensandalen konnte sie die niemals rechtzeitig erreichen. Also schrieb sie Yvonne noch eine SMS, dass sie sich verspätete.

Vor dem Eingang des Club Indochine wartete ihre Mitbewohnerin bereits. „Wow. Wer sind Sie und was haben Sie mit meiner Freundin gemacht?“, witzelte sie. „Du siehst fantastisch aus! Du musst Fabian aber inspiriert haben! Der hat sich ja richtig verausgabt!“

Helen grinste, ohne es zu wollen, von einem Ohr zum anderen. „Apropos, wie lief es bei dir mit Eric und der Einzelprobe?“

Yvonne machte eine wegwerfende Handbewegung. „Sagen wir so: Die Choreografie können wir jetzt perfekt. Aber zum Liebestanz nach der Probe sind wir nicht gekommen.“ Yvonne seufzte. „Komm, lass uns reingehen.“

Auch Helen fröstelte in der noch frischen Sommerluft und wollte sobald wie möglich ins Innere des exotischen Clubs. Unerwartet blieb Yvonne stehen und umarmte Helen. „Schön, dass du wieder du selbst bist!“ Sie löste sich und nahm ihre Hand. „Und gut, dass ich dich auf die Gästeliste habe setzen lassen!“ Lachend zog sie Helen zum Eingang.

Drinnen steppte bereits der Bär. Es war die After-Show-Party zu einer Musicalpremiere und Yvonne wurde gleich an der Garderobe stürmisch von einer Kollegin begrüßt. Helen wartete etwas abseits auf ihre Freundin. Sie ertappte sich dabei, wie sie sich ständig umschaute, um nach einer bestimmten Person Ausschau zu halten. Auch Yvonne hatte es bemerkt und kam zu ihr.

„Wen suchst du?"

„Niemanden. Ich kenne hier doch keinen", schwindelte Helen. Dann entdeckte sie ihn. Fabian trug ein schwarzes Shirt, unter dem sich seine kräftigen Schultern und Arme abzeichneten. Er stand mit dem Rücken zu ihr an der Bar. Helen spürte ihr Herz schneller schlagen und blickte kurz zu Yvonne. „Ich geh mal eben Fabian begrüßen." Sie lächelte und ließ ihre Freundin mit offenem Mund stehen.

Als Helen die kleine Treppe nach unten zur Bar erreicht hatte, drehte Fabian sich um. Er erkannte sie und sprang von seinem Barhocker auf. Helen fühlte sich wie vom Blitz getroffen. Sie suchte Halt am Treppengeländer, griff aber ins Leere. Der Absatz einer Sandale streifte eine Stufenkante und sie verlor das Gleichgewicht. Fabian reagierte augenblicklich. Wie ein Pfeil schoss er nach vorne und fing sie mit den Armen auf. Helen klammerte sich an ihm fest.

Vorsichtig half er ihr auf die Beine. „Hast du dir etwas getan?"

Helens Knöchel schmerzte, ließ sich aber bewegen. „Nein“, stammelte sie und spürte, wie sie knallrot anlief. Sie hatte das Gefühl, dass sämtliche Leute sie anstarrten, und meinte, aufgeregtes Tuscheln zu hören. Sie senkte den Blick, starrte auf den Boden und wünschte sich, auf der Stelle in demselben zu versinken.

„Was machst du denn für Sachen?“, Yvonne kam herangeeilt. „Oh je! Bleib genau so stehen.“ Sie lief um ihre Freundin herum und drängelte sich an ihre Seite.

Auch Fabian schien gesehen zu haben, was Yvonne entdeckte hatte, und lächelte verlegen. Helen blickte an sich hinunter. Ihr Rock war am Seitenschlitz aufgerissen. Ein Zipfel hatte sich an einer Schraube im Geländer eingeklemmt und gab den Blick bis zu ihrem Po frei. Vorsichtig nestelte Yvonne bereits an dem Stoff herum, um ihn zu lösen. Helen starrte Fabian mit schreckgeweiteten Augen an.

„Bis das Malheur behoben ist, werde ich uns mal ein paar Drinks besorgen“, schlug er höflich vor und entfernte sich wie ein wahrer Gentleman. „Was hältst du von Gin Tonic?“, fragte er im Gehen.

„Hört sich gut an.“ Helens Stimme zitterte.

„Und für deine Freundin?“

„Ein Havanna wäre super. Danke!“ kam es von der beschäftigten Yvonne zurück.

Helen starrte ihm hinterher.

„Hallo, Helen?“ Yvonnes Worte schienen, aus weiter Ferne zu kommen. Erst als Yvonne sie in den Arm knuffte, erwachte sie aus der Trance.

„Was ist denn mit dir los? Du siehst aus, als ob ein Meteorit eingeschlagen wäre." Yvonne hatte den Rock gelöst und wartete wohl bereits einige Zeit auf eine Reaktion.

Verlegen zuckte Helen mir ihren Schultern.

„Oh nein!", rief Yvonne bestürzt. „Du bist verliebt! Du hast den gleichen Schafsblick, wie damals bei Stefan."

Helen riss ihren Blick von Fabians Rücken los. Einen Moment rang sie mit sich, aber ihrer Freundin konnte sie sowieso nichts vormachen. „Ich glaub, du hast recht. Ist er nicht fantastisch?", flüsterte sie aufgeregt. Nach Yvonnes Gesichtsausdruck zu urteilen, schien sie das leider anders zu sehen. Verunsichert erkundigte sich Helen: „War das nicht dein Plan? Ich könnte wetten, dass du dir das genau so vorgestellt hast, als du mich zu diesem traumhaft aussehenden, supersympathischen Fabian geschickt hast. Und es ist dir gelungen!" Helen strahlte sie an. Heute konnte ihr nichts die Laune verderben, kein zerrissener Rock und keine kritische Freundin. „Ich musste einfach nur raus aus meinem Versteck. Du hattest recht und ich danke dir dafür!" Helen konnte ihren Gefühlsausbruch nicht länger zurückhalten.

„Es war ganz sicher nicht meine Absicht, dich mit Fabian zu verbandeln!", brachte Yvonne nach einigen Sekunden ernst hervor.

Helen biss sich kurz auf die Unterlippe. „Egal, ich kann es jedenfalls nicht ändern: Das Kribbeln ist wieder da."

„Doch nicht wegen *ihm*!", ereiferte sich Yvonne plötzlich.

„Was ist denn los?" Helen war verwirrt. „Erst soll ich mir einen neuen Mann suchen und nun passt er dir nicht."

Yvonne legte eine Hand auf ihren Arm. „Versprich mir bitte, dass du nicht böse sein wirst!"

Helen versuchte, sie abzuschütteln, aber Yvonne ließ nicht locker. „Ich verspreche gar nichts!", entgegnet sie trotzig. „Ich will wissen, was los ist!"

„Na gut", gab Yvonne auf. „Er ist schwul."

Helen blieb der Mund offen stehen. Sie hatte das garantiert falsch verstanden. „Wer ist schwul?"

„Fabian", klärte Yvonne sie mitfühlend aber bestimmt auf.

Das war nicht möglich. Nicht, nachdem er so intensiv mit ihr geflirtet hatte. Yvonne musste etwas missverstanden haben. „Ganz sicher nicht", versuchte sie, sich selbst zu beruhigen. Aber der Blick ihrer Freundin verriet ihr, dass sie wusste, wovon sie sprach.

„Eine gute Bekannte, die sich wie du in ihn verknallt hat, hat es mir erzählt." Yvonne zog Helen zu sich heran und umarmte sie.

Fabian drängelte sich an die Theke und bestellte die Drinks. Er atmete tief durch, bevor er sich mit den Gläsern auf den Rückweg machte.

„Du Arme!", konnte Fabian Helens Freundin sagen hören. Die beiden Frauen standen mit dem Rücken zu ihm. Ungewollt belauschte er ihr Gespräch. „Tut mir leid, dass es dich so schlimm erwischt hat."

Hatte Helen sich doch etwas bei dem Sturz getan? Gerade wollte er sich bemerkbar machen, als er die Freundin sagen hörte: „Ich hätte dir vorher erzählen sollen, dass er schwul ist!" Fabian stockte der Atem und sah, wie Helen sich straffte. „Ich werde jetzt gehen."

Schnell drängelte sich Fabian zu ihnen durch. „Hier dein Drink." Er streckte Helen ein Glas entgegen und versuchte, ihrem Blick standzuhalten. Er las Schrecken und Enttäuschung in ihren Augen. Das hatte er nicht gewollt! Fieberhaft suchte er nach den richtigen Worten. Seine Lippen bewegten sich, aber er bekam keinen Ton heraus. Wie hätte er es ihr auch erklären sollen?

Ich sollte sie gehen lassen, befahl sich Fabian. Das wäre für sie und mich das Beste. Ich sollte auf der Stelle diese Frau vergessen, die mich seit heute Nachmittag durcheinandergebracht hat, wie keine zuvor. Doch er konnte sich nicht von ihrem Anblick losreißen. Völlig ratlos stand Fabian im Menschengetümmel des Clubs und um ihn zuckten die Lichter der Discokugel. Zum ersten Mal in seinem Leben bereute er die riesige Lüge, die er über sich in die Welt gesetzt hatte. Er würde sich nur die Finger verbrennen, ahnte er, und dabei stand so viel für ihn auf dem Spiel.

3

„Du willst schon aufbrechen?“, fragte Fabian in die peinliche Stille.

Helen nickte. „Trotzdem danke für den Drink.“ Sie sah in Fabians braune Augen und spürte, wie ihre Beine zu zittern begannen. Ohne nachzudenken, griff sie nach dem Glas, das Fabian ihr entgegenstreckte. Sie brauchte etwas zum Festhalten. Er wusste also, dass sie gehen wollte. Was hatte er noch von ihrem Gespräch mitbekommen?

„Helen, bitte bleib!“, flüsterte Yvonne beschwörend. „Du solltest jetzt nicht ...“, sie sah kurz zu Fabian hinüber und wisperte noch leiser, „alleine sein.“

„Doch, das ist schon in Ordnung“, erklärte Helen lautstark und schob sie beiseite.

„Dann komme ich eben mit dir!“, beschloss Yvonne, sichtlich bekümmert.

„Und ich werde mich auch auf den Weg machen“, sagte Fabian betreten.

Helen schaute entgeistert von Yvonne zu Fabian.

Sie wollte sich allein mit einer gigantischen Tafel Schweizer Schokolade in ihr Bett verkriechen. Hektisch überlegte sie, wie sie die beiden loswerden konnte. „Nur ich gehe!“, widersprach sie energisch. „Ich will euch nicht den Abend verderben, bloß weil ich mit meinem verstauchten Knöchel nicht tanzen kann!“

„Du hast dich also doch bei dem Sturz verletzt!“ Fabian hielt Helen am Handgelenk fest. Bei der Berührung fühlte sie ihre letzte Kraft schwinden. Sie musste schnell raus hier. Sonst würden ihr noch in aller Öffentlichkeit die Tränen zu laufen beginnen. Sie versuchte, sich aus Fabians Griff zu winden.

Leider hielt sie in dieser Hand auch ihren Drink, der bei ihrem Befreiungsversuch zur Hälfte über Fabians Arm schwappte. Erschrocken sah sie zu ihm auf. Der schien die Flüssigkeit auf seinem Arm nicht einmal zu bemerken, sondern redete weiter auf Helen ein.

„Du darfst jetzt nicht gehen, erst recht nicht in *den* Schuhen!“ Entschlossen nahm Fabian Helen den Drink ab und drehte sich suchend um. „Du musst den Knöchel hochlegen und kühlen! Da drüben in der Sitzecke sind einige Sessel frei, da werde ich mir deinen Fuß anschauen.“ Fabian steuerte einen Bistrotisch an, auf dem er seinen und Helens Glas abstellte.

Endlich fand die völlig perplexe Helen ihre Sprache wieder. „Nein, es geht schon! Ich werde mir eben ein Taxi nehmen und meinetwegen barfuß laufen." Sie drückte zum Abschied kurz Yvonnes Hand und setzte zur Flucht an.

Mit zwei langen Schritten hatte Fabian sie eingeholt. „Keine Widerrede! Möglicherweise musst du ins Krankenhaus."

Noch ehe Helen wusste, was geschah, fühlte sie Fabians Arme um sich. Zum zweiten Mal an diesem Abend verlor sie den Boden unter ihren Füßen. Diesmal jedoch, weil Fabian sie hochhob und zur Sitzecke trug.

„He, was soll das? Lass mich runter!" Helen stemmte sich gegen den plötzlichen Übergriff. Dann fiel ihr der kaputte Rock ein und panisch suchten ihre Finger nach einem Zipfel, um sich nicht schon wieder vor aller Augen zu entblößen.

Kaum hatte Fabian sie abgesetzt, versuchte Helen aufzustehen. „Was fällt dir eigentlich ein! Lass mich sofort gehen!" Ihre aufgestauten Tränen verwandelten sich in rasende Wut. Eine Szene in einer Disco war noch immer besser als eine Heulerei, entschied Helen. „Du bist abscheulich, ein richtiges Ekelpaket! Du ..." Fabian drückte sie einfach zurück in den Sessel und schaffte es sogar, ihre Beine auf den gegenüberliegenden Sitz zu bugsieren. „Du ... Monster!", fauchte Helen weiter. Vergebens versuchte sie, ihr Bein anzuziehen, als Fabian vorsichtig ihren Knöchel befühlte. „Sag ihm, dass er mich gehen lassen soll!“, befahl Helen Yvonne, die mittlerweile auch die Sitzgruppe erreicht hatte.

„Sieht glücklicherweise nicht schlimm aus. Ich werde jetzt Eis holen. Und deine Schuhe nehme ich als Pfand mit.“ Geschickt befreite er ihre Füße von den Riemchensandalen. „Damit du nicht versuchst wegzulaufen.“

„Gib sie mir zurück! Das ist nicht fair“, wetterte Helen hinter ihm her. „Warum hilfst du mir nicht?“, blaffte sie nun Yvonne an.

„Was soll ich denn machen? Mich auf ihn stürzen und ihm die Schuhe entreißen?“, spottete Yvonne, sichtlich amüsiert von der Szene.

„Genau! Das wäre das Mindeste!“

Yvonne verdrehte die Augen. „Ich glaube, ich hol mal lieber unsere Drinks hierher.“ Sie wandte sich um und ging zum Bistrotisch nahe der Treppe.

„Bitte bleib!“ Helen wollte nicht allein sein. Erst recht nicht, wenn Fabian gleich zurückkommen würde. Der Kloß in ihrem Hals drohte, wieder größer zu werden.

„Hier kommt das Eis. Und die bekommst du auch zurück.“ Die Sandaletten baumelten an Fabians Finger. Er ließ sie in Helens Schoß fallen und hielt ihr ein Glas hin. „Der Barkeeper wollte sie nicht in Zahlung nehmen gegen ein paar neue Drinks. Herztonikum hatten sie leider nicht, daher bringe ich uns auf den Schrecken neue Gin Tonics mit.“

„Ich werde jetzt gehen!“, erklärte Helen eisig und

machte sich daran, die erste Sandalette anzuziehen.

„Hätte ich mir ja denken können", murmelte Fabian resigniert und stellte die Getränke und den Eisbeutel auf einem Tischchen ab. Er griff nach Helens gesundem Fuß und zog ihn zu sich heran, um den Schuh erneut zu lösen. Mit einem spitzen Schrei rutschte Helen tief in den Sessel. „Dann muss ich die wohl noch ein wenig länger bei mir behalten. Keine Sorge, das tue ich gerne für dich", frotzelte Fabian und suchte nach dem zweiten Schuh, der auf dem Boden gelandet war.

„Wow, Helen. Ich wusste gar nicht, dass du Yoga kannst", kommentierte die zurückgekehrte Yvonne Helens ungewollte Akrobatik.

„Ich hasse Yoga! Und ich hasse euch!", machte Helen ihrem Ärger Luft.

„Ich glaube, du solltest dringend etwas zur Entspannung trinken." Yvonne wartete, bis Helen sich aufgerappelt hatte, und drückte ihr ein Glas in die Hand. Das andere reichte sie Fabian.

„Danke." Fabian trank einen Schluck und stellte das Getränk zu den anderen auf den Tisch. „Einen Verdurstungstod müssen wir wohl nicht befürchten." Er deutete auf die Unzahl von Gläsern vor sich. „Ich mache dir einen Vorschlag, Helen. Wir trinken hier unsere zwei Drinks und in der Zeit kühle ich deinen Knöchel. Dann kannst du gehen, wenn du möchtest." Erwartungsvoll schaute er sie an.

Helen biss die Zähne zusammen und warf ihm einen bitterbösen Blick zu.

„Komm schon. Wäre doch schade um die Drinks", versuchte Yvonne ihre Freundin zu überreden. „Wenn du willst, bringe ich dich danach auch nach Hause." Nun bekam sie Helens zornigen Blick ab. „Oder du gehst eben alleine", fügte sie hinzu und stieß mit ihr an, obwohl Helen noch immer kein Wort sagte. Yvonne zuckte mit den Schultern und prostete Fabian zu. „Ich bin übrigens Yvonne."

„Yvonne Petterfy nehme ich an. Ich bin Fabian." Er nickte nur kurz und begann dann Helens Knöchel zu kühlen; um ihn tiefzukühlen, so kam es Helen zumindest vor.

Sie versuchte, ihr Bein erneut wegzuziehen, aber Fabian hatte es fest im Griff. Helen schnaubte vor Wut. Sogar Yvonne schien auf seiner Seite zu stehen. Und dass Fabian Yvonne kaum eines Blickes gewürdigt hatte, wie es sonst alle Männer ausgiebig taten, war definitiv der Beweis dafür, dass er schwul war.

Helen starrte in ihr Glas. Wenigstens die Drinks sollte sie verwerten, wenn der Abend schon ein Desaster war. Sie nippte an ihrem Getränk.

„Gott sei Dank!", stieß Yvonne erleichtert hervor und ließ sich in einen Sessel neben Helen fallen.

„Ich bleibe nur, bis ich ausgetrunken habe!", stellte sie klar und nahm diesmal einen großen Schluck.

„Mach mal langsam.“ Yvonne schaute sie besorgt an. „Hast du überhaupt etwas gegessen? Ansonsten wird dich der Alkohol umhauen, wenn du so schnell trinkst.“

Helens Magen zog sich wegen des kalten Getränks zusammen. Das Abendessen hatte sie völlig vergessen bei der heutigen Aufregung. „Ich hatte keine Zeit zum Essen. Aber das macht nichts.“ Demonstrativ trank sie noch mehr.

„Du hattest keine Zeit?“ Fabian sah Helen fassungslos an. „Was hast du bis um elf gemacht?“

Helen würdigte ihn keines Blickes, sondern sprach zu einem kleinen Fussel auf ihrem Rock: „Ach weißt du, ich habe mich dummerweise auf dem Weg nach Hause verlaufen und kam erst zehn vor elf dort an.“

Fabian biss sich auf die Zunge. Das hatte er wohl verdient. Er hätte sich denken können, was Frauen den ganzen Abend tun, wenn sie sich auf eine Party vorbereiten. Es war ja nicht zu übersehen, wie umwerfend Helen an diesem Abend aussah. „Ich werde mal schauen, ob ich etwas zu Essen auftreiben kann.“

Das war eine gute Gelegenheit, diesem fantastischen Bein zu entkommen, das leider die Verlängerung des zu kühlenden Knöchels war. Auch wenn Helen die Zipfel des zerrissenen Rocks zwischen Bein und Sessel eingeklemmt hatte, entblößte der

Riss noch immer zu viel von der zarten Haut ihrer Schenkel. Erleichtert stand Fabian auf und zwang sich, nicht zurückzuschauen.

Als er außer Hörweite war, wandte sich Helen Yvonne zu: „Er konnte es kaum erwarten wegzukommen. Und ich blöde Kuh habe mich den ganzen Abend für ihn aufgebrezelt."

„Oh nein, Süße! Du solltest dich nie für einen Mann schick machen, sondern nur für dich selbst. Und glaube mir, es gibt hier viele Männer, denen du auch schon aufgefallen bist", versuchte Yvonne Helen aufzumuntern.

„Das entscheidende Wortteil ist ‚fallen'! Jede Frau, die eine Treppe hinabstürzt, wird beachtet. Frauen wie mir hilft man auf. Aber dann lässt man sie lieber stehen, bevor sie einen mit sich in den Abgrund reißen. Kein Wunder, dass Fabian gegangen ist." Sie trank ihr Glas auf einen Zug aus und griff nach dem nächsten.

„Er kommt doch gleich wieder, weil er für dich nämlich gerade", Yvonne malte Gänsefüßchen in die Luft, „jagen geht!" Sie nahm Helen das Getränk ab und stellte es energisch zurück auf den Tisch. „Er gibt sich echt Mühe. Und er kann nicht wissen, dass du sauer auf ihn bist. Sei also ein bisschen netter zu ihm, auch wenn er schwul ist. Vielleicht könnt ihr ja Freunde werden."

„Darf ich das abräumen?" Der Barkeeper war

neben ihnen aufgetaucht und deutete auf Helens leeres Glas.

„Sicher." Sie spürte, wie der Alkohol ihre Zunge bereits schwer werden ließ.

Der junge Mann beugte sich über Helens Beine, um nach dem Glas zu greifen, aber hielt plötzlich inne. „Was haben wir denn da?", murmelte er. Sein Blick wanderte von Helens Füßen weiter hinauf und er pfiff anerkennend durch die Zähne. Helen zupfte verlegen an ihrem kurzen Rock, während der Kerl sein Kinnbärtchen zu zwirbeln begann. „Diese Beine sind viel zu sexy, um hier im Dunkeln versteckt zu werden. Komm doch mal an meiner Bar vorbei. Dort bekommst du alles, was du willst." Er schaute sie vielsagend an. „Ich bin übrigens Pete."

Helen lächelte müde den blonden Schönling an.

„Siehst du!", wisperte Yvonne triumphierend.

Helen traute ihren Ohren nicht. Yvonne konnte nicht ernsthaft diesen selbstverliebten Schnösel als möglichen Lover in Betracht ziehen!

„Ab zwei bin ich frei für dich! Dann können wir uns amüsieren. Was meinst du, Sweety?" Pete schüttelte seinen Pony aus der Stirn. Dabei blieb sein Blick auf Helens Dekolleté hängen.

„Danke Pete. Vielleicht ein andermal", entgegnete Helen tonlos.

„Wann immer du willst!" Er ließ seine Augenbrauen hüpfen, drehte sich um und ging.

„Was war denn das?“ Helen schüttelte sich vor Abscheu. „Und du wagst es, mir zu so einem Kerl zu raten?“

„Na ja, es muss ja nicht der sein. Aber gib zu, er hat einen tollen Hintern!“, versuchte Yvonne sich herauszureden.

„Dann hattest du den schöneren Anblick. Ich konnte ihn leider nur von vorne betrachten“, höhnte Helen.

Yvonne prustete los und auch Helen musste grinsen. „Okay, wir suchen dir lieber einen, der von vorne und von hinten gut aussieht“, feixte Yvonne weiter.

Helens Elend kehrte unvermittelt zurück. „Keine Chance, Yvonne! Für mich gibt es keine Männer! Der Einzige, der von allen Seiten betrachtet attraktiv ist, ist nicht zu haben. Ehrlich, das Erlebnis mit Fabian hat mir den Rest gegeben. Das ist so ungerecht! Er ist so süß!“, jammerte sie.

„Hier sind noch mehr tolle Kerle“, versuchte Yvonne sie zu trösten, bekam aber einen drohenden Blick von ihr zugeworfen. „Schon verstanden“, sagte sie rasch. „Übrigens, schau mal, bei wem dein Lieblingsmann gerade steht.“ Sie deutete in Richtung Bar.

Helen entdeckte ihn sofort. Er hatte Pete am Arm gefasst und schien eindringlich auf ihn einzureden.

„Ist ja gut, Mann!“ Pete versuchte, sich aus

Fabians Griff zu winden, aber der packte ihn noch fester. „Aua! Was willst du überhaupt von der Kleinen. Ich dachte, du bist schwul?“

„Und wenn schon! Lass das meine Sorge sein, klar?“ Er wusste, dass er überreagierte. Bisher hatten ihn Männer, die Frauen wie Briefmarken sammelten, wenig gestört. Bei Helen war das etwas anderes. Er hatte ihr bereits genug wehgetan. Leider konnte er ihr nicht alles erklären, aber wenigstens wollte er versuchen, sie vor Vollidioten wie Pete zu beschützen. Am Nachmittag hatte sie ihm von einigen Männergeschichten erzählt, die schuld daran waren, dass sie so lange nicht mehr ausgegangen war. Sie hatte versucht, cool zu klingen, aber er hatte deutlich gespürt, wie sehr sie verletzt worden war.

Fabian drückte noch ein letztes Mal kraftvoll zu und ließ dann Petes Arm los.

Helen zuckte zusammen als Yvonne plötzlich loskreischte und von ihrem Sessel aufsprang. „Mensch Sabrina, was machst du denn hier?“ Auf sie kam eine rothaarige Frau zugestürmt und Yvonne fiel ihr in die Arme.

„Ich habe hier ein Gastspiel und will jetzt so richtig auf den Putz hauen! Und du? Du siehst fantastisch aus, wie immer! Was machst du gerade?“, sprudelte nun Sabrina los.

„Ich wohne schon ein paar Jahre in Zürich. Hab

einen festen Vertrag. Es läuft spitze!“ Yvonne befreite sich aus der Umarmung und deutete auf Helen. „Übrigens, das ist meine Mitbewohnerin und Freundin Helen. Helen, das ist Sabrina, eine Kollegin, die ich noch von der Musicalschule kenne. Wir haben damals zusammen ‚Hair‘ aufgeführt.“

In diesem Moment erschien Fabian wieder auf der Bildfläche. „Ich habe leider nichts anderes als Salzstangen ergattert.“ Er reichte sie Helen.

„Und das ist Fabian“, stellte Yvonne ihn vor.

Es war deutlich zu sehen, dass Fabian Sabrina nicht kalt ließ. „Hallöchen. Lasst uns doch gemeinsam die Tanzfläche stürmen“, schlug Sabrina vor und klimperte den sexy Mann mit ihren langen Wimpern an.

„Ich nicht, mein Knöchel. Aber lasst euch nicht aufhalten.“ Helen warf Yvonne einen aufmunternden Blick zu. Ihre Freundin hatte lange genug ihr Händchen gehalten und ihre Launen ertragen. Da war es nur fair, wenn sie heute Abend noch ein bisschen Spaß hatte.

„Schade! Man sieht sich“, entgegnete Sabrina, hakte sich bei Fabian unter und marschierte los. Helen spürte, wie sie sich bei dem Anblick verspannte.

Geschickt zog Fabian seinen Arm aus der Umklammerung. „Ich bleibe hier bei Helen.“ Sabrina blieb enttäuscht stehen.

„Bis später.“ Yvonne schnappte sich Sabrinas

Hand und zog sie einfach mit sich.

„Hey, willst du nicht auch tanzen gehen?“, forderte Helen Fabian auf, obwohl ihr der Gedanke an Fabian, der mit Sabrina tanzte, überhaupt nicht gefiel.

„Und wer passt dann auf, dass du dir auf der Flucht nicht eines deiner langen Beine brichst?“ Er griff nach dem beinahe flüssigen Eisbeutel und drückte ihn zurück auf Helens Knöchel.

Die plötzliche Kälte ließ ihr eine Gänsehaut über die Arme kriechen. Sie erinnerte sich an das wohlige Erschauern am heutigen Nachmittag im Friseursalon und den Grund dafür, die prickelnde Kopfmassage. Ohne es zu wollen, entschlüpfte ihr ein Seufzer.

„Tut es noch sehr weh?“ Er musterte sie aufmerksam.

„Was?“ Verwirrt starrte sie in sein Gesicht. Natürlich tat es weh, wenn so ein wundervoller Kerl um einen herumschwirrte und trotzdem unerreichbar blieb. Konnte er das meinen? Schlagartig begriff sie, wovon er sprach: „Oh, du meinst den Fuß. Nein, überhaupt nicht“, beruhigte sie ihn. Dann fiel ihr auf, dass sie sich verplappert hatte. Helen fühlte sich kraftlos. „Oh man, ich kann einfach nicht schwindeln. Irgendwann rutscht mir immer die Wahrheit heraus“, gestand sie. „Damit bin ich heute schon zum dritten Mal aufgeflogen, zuerst mit dem Namen, dann dem Beruf und jetzt mit dem Fuß.

Eigentlich hat der Knöchel nie wehgetan. Ich wollte nur nach Hause." Sie schaute Fabian in seine braunen Augen. In dem schummrigen Licht erschienen sie noch dunkler, dafür glomm darin ein goldener Schimmer. „Entschuldige", sagte sie leise.

Es rührte ihn, dass sie so ehrlich war. Ganz im Gegensatz zu ihm. „Ja, tut mir auch leid!", antwortete Fabian geistesabwesend. Er bedauerte es, dass er Helen nicht die Wahrheit sagen konnte und sie damit verletzte.

Wenn er ihr nicht schon nahe sein durfte, wollte er sie wenigstens ansehen. Sein Blick wanderte über ihr zartes Gesicht. Ein winziger Leberfleck gleich neben ihrem rechten Nasenflügel zog ihn in seinen Bann. Seine Finger prickelten. Sie sehnten sich danach, den kleinen Tupfen zu berühren. Als er mit den Augen dem weichen Schwung ihrer Oberlippe folgte, musste er trocken schlucken. Nur anschauen, ermahnte er sich.

In diesem Moment kam Pete vorbei, rempelte ihn an und räumte die leeren Gläser ab. Während der ganzen Zeit ignorierte er Helen vollkommen und verschwand ebenso wortlos, wie er aufgetaucht war. Das holte Fabian in die Realität zurück.

Helen schien erleichtert über die Unterbrechung und schaute dem Barkeeper hinterher. „Was hast du eigentlich mit dem armen Pete gemacht? Der wirkt total verstört."

Fabian grinste frech. „Ich habe ihm gesagt, dass er sich andere Gewässer zum Fischen suchen soll."

„He, was mischst du dich in meine Männergeschichten ein?" Helen richtete sich mit gespielter Angriffslust in ihrem Sessel auf.

„Der ist nichts für dich!", informierte Fabian sie mit ernster Miene. „Ich kenne ihn. Pete bloggt seine Sexgeschichten im Internet." Er atmete tief ein. „Und als guter Freund will ich nicht, dass dir jemand wehtut!" Fabian spürte einen Stich. Er hatte es ausgesprochen. Auch Helen hatte bei den Worten *guter Freund* erschrocken geblinzelt. Aber das war richtig so, redete sich Fabian gut zu. Es war momentan die einzige Möglichkeit, in ihrer Nähe sein zu können.

„Warum sitzen wir hier eigentlich noch, wenn du laufen kannst? Komm, lass uns tanzen!" Er streifte Helen die Riemchensandalen über und zog sie mit einem eleganten Schwung aus dem Sessel. Gerade als sie die Tanzfläche erreicht hatten, legte der DJ eine romantische Ballade auf.

Fabian fühlte sein Herz davongaloppieren. Hoffentlich würde er diesen Abend lebend überstehen.

4

Helen hörte die Wohnungstür ins Schloss fallen. Schnell goss sie Kaffee in einen frischen Becher und hielt ihn in die Richtung der Küchentür. Eine Sekunde später erschien eine übernächtigte Yvonne in der Küche. Selbst in diesem Zustand sah sie fantastisch aus, stellte Helen fest.

„Oh danke! Du bist ein Schatz." Yvonne hechtete auf den heißen Becher zu und kippte die Brühe hinunter.

Helen schüttelte sich bei dem Anblick. Nie würde sie ihren Kaffee schwarz trinken. Sie griff zu ihrer eigenen Tasse, die einen Berg aus Milchschaum krönte.

„Was ist denn mit deinen Haaren?", fragte Yvonne zwischen zwei Schlucken. „Gestern war die Frisur klasse, aber nach dem Schlafen sieht sie irgendwie zerstört aus."

„Ich weiß", druckste Helen herum. „Ich wollte noch ein bisschen warten mit dem Waschen."

Yvonne schüttelte resigniert den Kopf. „Dich versteh einer."

„Du bist früh zurück für einen Sonntagmorgen", lenkte Helen ab. Der kleine Zeiger der Küchenuhr tickte gerade erst auf die Zehn zu. „War er ein Frühaufsteher oder hat er schlappgemacht?", hakte sie nach.

„Er war wundervoll!" Yvonne legte theatralisch eine Hand auf ihr Herz und erklärte dann in nüchternem Ton: „Leider hatte er sich zum Paragliden verabredet und musste zeitig raus. Ich werde mich nachher noch mal hinlegen." Sie plumpste auf den nächsten Küchenstuhl. „Aber was sehen meine müden Augen? Ich bin am Verhungern und du hast Croissants da! Seit wann bist du denn wach, wenn du schon beim Bäcker warst?"

„Eine Weile. Ich konnte nicht schlafen." Helen holte einen zweiten Teller aus dem Schrank.

„Wie lief es denn bei dir?" Yvonne biss herzhaft in ihr Frühstück. „Wa ef wiflich okay, daff ich ffüher gegangen bin?"

„Klar. Freut mich, dass du eine tolle Nacht hattest." Helen löffelte sich gezuckerten Milchschaum in den Mund und knusperte genüsslich darauf herum. „Bei mir war es auch ganz nett."

„Nett?", entrüstete sich Yvonne. „Nett bedeutet, dass es eine mittlere Katastrophe war. Du hast hoffentlich nicht den Rest des Abends deinem schwulen Friseur hinterhergeweint?"

Helen seufzte und ließ ihren Kopf auf den Tisch

sinken. „Oh man, er tanzt so fantastisch, so sexy und er singt manchmal mit. Er hat mich sogar nach Hause gebracht! Er ist so süß, er ist mein Held! Warum muss gerade er schwul sein?" Helens Stimme zitterte. Sie schaute verzweifelt zu Yvonne. „Wir haben uns als gute Freunde getrennt!" Plötzlich brachen die Tränen aus ihr heraus. Laute Schluchzer ließen ihren Körper erbeben.

„Das ist doch was. Besser einen guten Freund als Helden als gar keinen, oder?", flüsterte Yvonne tröstend und strich über ihren Rücken.

„Was soll ich denn tun?", schniefte sie, als keine Tränen mehr kamen.

„Ihn als guten Freund behalten." Yvonne zuckte verlegen mit den Schultern. „Immerhin sind Schwule bekannt dafür, die besten Freunde zu sein. Sie sind einfühlsam, haben Stil und so. Außerdem könnte er dein neuer Männerberater werden und du brauchst nicht mehr auf mein verkorkstes Männerurteil zu hören. Schließlich haben meine Typen ja leider auch immer ein Verfallsdatum. Du weißt schon", ergänzte Yvonne auf Helens fragenden Blick hin. „Nach dem Öffnen bitte innerhalb von drei Wochen verbrauchen. Sonst besteht die Gefahr, der tödlichen Langeweile oder von einem Männer-Ego erdrückt zu werden!"

Yvonne schaute sie so gequält an, dass Helen grinsen musste. Nur zu gut konnte sie sich an einige der Männer erinnern, mit denen ihre Mitbewohnerin eine Beziehung versucht hatte. Der eine wollte nach kurzer Zeit nur noch gemütliche Videoabende veranstalten. Ein anderer hatte es nicht ertragen, sie auch nur eine Minute alleine zu lassen. Und ihr letzter Lover liebte sein Spiegelbild mehr als jede Frau der Welt.

„Wunderbar, du kannst noch lachen!" Erleichtert stürzte Yvonne sich wieder auf ihr Croissant.

„So einfach ist das nicht!" Helen schob Yvonnes Teller beiseite, damit sie sich auf das Wesentliche konzentrieren konnte. „Jedes Mal, wenn er mir in die Augen schaut, werden meine Knie weich und ich weiß nicht, was ich rede oder tue. Du musst mir helfen!"

„Dann solltest du mir mein Essen nicht wegnehmen. Ich bin zu ausgehungert, um nachzudenken." Sie zog den Teller wieder zu sich heran, schob sich noch ein Stück Croissant in den Mund und überlegte. „Also", sie zählte ihre Finger ab, „du hast zwei, nein, drei Möglichkeiten."

Helen saß jetzt kerzengerade auf ihrem Stuhl. „Welche?"

„Die Erste ist, dass du einfach nicht in seine hübschen Glubscher schaust." Yvonne machte eine bedeutungsvolle Pause.

„Das ist nicht dein Ernst", protestierte Helen. „Wie soll ich das denn anstellen?" Sie imitierte ein Händeschütteln und blickte dabei demonstrativ zur Seite. „Hallo Fabian. Schön dich *nicht* zu sehen!"

„Nur ein Vorschlag", beschwichtigte Yvonne. „Die Zweite ist die traurigste: Du darfst ihn nicht wiedersehen. Sag deinem Helden bye-bye!" Sie winkte zur Demonstration.

„Das überlebe ich nicht!", jammerte Helen. Und spitz fügte sie hinzu: „Außerdem geht das nicht. Wir haben uns bereits für heute Nachmittag zum Joggen verabredet. Und er will mir diese Super-Pflegespülung mitbringen, damit ich mit meinen Locken klarkomme."

„Tja, so etwas habe ich mir schon fast gedacht. Bleibt nur die letzte Möglichkeit: Du musst extrem viel Schokolade futtern."

„Wie meinst du das?" Sie starrte Yvonne verwirrt an.

„Na, Schokolade macht glücklich", erklärte diese. „Ganz nebenbei wirst du auch noch fett, und wenn du deine Haare weiterhin nicht wäschst, auch unansehnlich. Dann interessiert sich kein Mann mehr für dich, auch kein schwuler, und alle deine Probleme sind gelöst!" Yvonne grinste Helen an, putzte die Krümel von ihrem Teller und stand auf.

Nachdem Helen ihren Mund wieder zugeklappt hatte, griff sie nach einem Stuhlkissen. „Du treulose Tomate! Das nennst du Hilfe?" Mit Schwung haute sie das Ding Yvonne um die Ohren. Die duckte sich instinktiv.

„Halt, Stopp!", flehte sie unter Lachen. „Ich habe dir alles gesagt, was mir einfiel. Ehrlich!"

„Warum frage ich dich bloß nur immer?", schimpfte Helen weiter und wirbelte das Kissen nochmals durch die Luft, bevor sie es zurück auf den Stuhl fallen ließ.

„Glaub mir, wenn ich eine gute Fee wäre, würde ich dir sofort einen Hetero-Fabian herbeizaubern", versicherte Yvonne.

„Ich weiß." Helen ließ ihre Schulter hängen, straffte sich aber gleich darauf wieder. „Jedenfalls kann ich ihn nicht einfach abschreiben. In seiner Nähe bin ich so glücklich." Nachdenklich schaute sie Yvonne an. „Meinst du, ich sollte wirklich versuchen, ihm nicht in die Augen zu schauen? Ist das nicht komisch?"

„Keine Ahnung. Probier es aus. Im Moment fällt mir wenigstens nichts Besseres ein." Yvonne gähnte herzhaft. „Ich gehe jetzt eben unter die Dusche und dann lege ich mich hin."

Helen nickte gedankenverloren und drehte ihren Becher Milchkaffee in den Händen. Schließlich ging sie aus der Küche in den sonnendurchfluteten Wohnraum und setzte sich in ihren Hängesessel. Noch gut vier Stunden hatte sie Zeit, um sich zu überlegen, welchen von Yvonnes Vorschlägen sie beherzigen sollte. Ein bittersüßer Schmerz überkam sie. Zum ersten Mal seit Langem war sie total verliebt und ausgerechnet in einen schwulen Mann. Das war mit Abstand die bisher schlimmste Katastrophe.

Fabian betrat einen kleinen Vorgarten außerhalb von Zürich und kramte in seiner Tasche nach einem Schlüssel. Noch bevor er ihn gefunden hatte, wurde die Tür des Häuschens, das über und über mit kleinen, roten Schindeln bedeckt war, aufgerissen.

„Du bist spät dran. Ist etwas passiert?" Eine kleine Frau mit kinnlangen, grauen Haaren und einer knallroten Strähne als Pony stand in der Tür und musterte Fabian. Sie hatte die gleichen freundlichen, braunen Augen wie er.

„Grüezi Grosi Vreni." begrüßte Fabian seine Großmutter und gab ihr ein Küsschen auf die Wange. „Alles in Ordnung. Ich habe nur verschlafen."

„Nanu? Das passiert dir doch sonst nie!"

Fabian wich Vrenis Blick aus und drängelte sich an ihr vorbei durch die Tür. „Irgendwann ist eben immer das erste Mal."

„Bist du krank? Lass dich mal anschauen." Mit überraschender Kraft packte sie Fabian am Kinn und drehte sein Gesicht zu ihr herum.

„Mir geht es gut!", protestierte Fabian, konnte sich aber kaum aus Vrenis Griff befreien. „Es sei denn, du brichst mir gleich den Kiefer!"

„Sei nicht so ein Weichei!", forderte Vreni und ließ Fabian los. „Nein, krank siehst du nicht aus. Was ist dann geschehen? Ich sehe dir doch an, dass mehr dahintersteckt! Also, wer oder was ist der Grund für dein Zuspätkommen?"

„Ach Grosi, sei nicht immer so wunderfitzig“, beschwerte sich Fabian und rieb sich sein Kinn.

Vreni schwieg einige Sekunden erwartungsvoll, dann gab sie nach. „Na gut. Hilfst du mir, die Kartoffeln zu schälen? Ich werde dich Schlawiner eben später weich kochen. Ist schließlich lange genug her, dass du mir was erzählen kannst, das nichts mit Haaren zu tun hat.“

Sie wartete neben Fabian, der Jacke und Schuhe auszog und in seine uralten Hausschuhe schlüpfte. Seine Mutter war noch sehr jung gewesen, als er geboren wurde. Deshalb war Fabian bei seinen Großeltern in diesem Haus aufgewachsen. Sonntags versuchte er, so oft es ging, seine Großmutter, meist Grosi genannt, zu besuchen. Vreni war eine ungewöhnliche Frau. Sie wirkte weit jünger als 66 und verbrachte viel Zeit in den Schweizer Alpen beim Klettern oder half im Jugendzentrum aus. Sie war Fabians Beraterin für alle Lebenslagen. „Na ja, ein bisschen hat es schon mit Haaren zu tun“, gestand Fabian, der wusste, dass seine Grosi sowieso nicht locker lassen würde.

„Wie haarig?“, hakte Vreni sofort nach und wippte dabei auf ihren Füßen.

„Eine haarige Angelegenheit eben“, ließ er sie zappeln.

„Du meinst, so richtig, mit Bart und so?“

Bei dieser Vorstellung musste Fabian schallend lachen. „Nein, Grosi!“, brachte er hervor. „Eher wilde, lange Locken. Sie war bei mir zum Haareschneiden." Nachdem Fabian sich beruhigt hatte, ergänzte er: „Du weißt doch, dass das mit dem Schwul-Sein nur Theater ist."

„Ach, bei euch jungen Leuten heutzutage kann man sich nie sicher sein", winkte sie ab und bohrte gleich darauf ihren Finger in Fabians Schulter. „Weiß denn die Frau auch, dass du nur Theater spielst?"

Schlagartig wurde Fabian ernst. „Natürlich nicht!"

„Du kommst seit Jahren zum ersten Mal wegen einer Frau zu spät und willst mir erzählen, dass du sie nicht aufgeklärt hast?" Vreni baute sich vor ihm auf. „Dass du lügst, ist schlimm genug, aber dass du deine Herzensdame anlügst, ist unverzeihlich!"

„Was heißt hier Herzensdame?" Fabian spürte, wie er sich versteifte. „Sie ist nur eine Freundin!"

„So än Chabis!", wetterte Vreni so energisch, dass ihr die rote Strähne in die Stirn fiel. „Du brauchst Liebe in deinem Leben, sonst hat es keinen Sinn!"

„Du weißt genau, dass ich das für meinen Traum vom eigenen Salon mache", regte sich nun auch Fabian auf.

„Sag ich ja! Ohne Liebe ist dein Traum nichts wert!" Vreni funkelte ihn herausfordernd an und dampfte dann in die Küche ab. Einige Augenblicke später folgte er ihr.

„Lass uns nicht streiten!", entschied Vreni versöhnlich. „Ich weiß, wie wichtig dir der eigene Salon ist. Trotzdem muss ich nochmals sagen: Ich halte deine Lügerei nicht für den richtigen Weg. Erst recht nicht, wenn die Gefühle zweier Menschen im Spiel sind!“ Vreni schaute Fabian durchdringend an.

Fabian hatte es Vreni schon tausendmal erklärt, dass er vorgeben musste, schwul zu sein, um diesen Job machen zu können. Aber dieses Mal wusste er, dass sie recht hatte. Zumindest, was die Gefühle von Helen anging. Gerade jetzt wollte er allerdings kein Risiko mehr eingehen, indem er Helen die Wahrheit sagte. Zumal sie nicht eben eine Heldin im Lügen zu sein schien. Wie könnte er darauf zählen, dass sie dicht hielt? Er musste nur noch knapp drei Monate durchhalten, um seinen Traum wahr werden zu lassen. Die beste Lösung wäre, sich ganz von Helen fernzuhalten. Fabian spürte, wie sich sein Körper gegen diese Erkenntnis sträubte.

5

Fabian klingelte bereits zum dritten Mal. Langsam wich seine Anspannung. Helen war anscheinend nicht wie verabredet zu Hause. In seine Enttäuschung mischte sich ein Gefühl der Erleichterung. Vielleicht war es besser so. Sie hätten sich gestern im angetrunkenen Zustand nicht verabreden sollen.

„Hallo?", eine krächzende Stimme meldete sich plötzlich aus der Gegensprechanlage.

„Ja, hallo", stotterte Fabian überrumpelt. „Hier ist Fabian, ich wollte zu Helen. Ist sie da?"

Er hörte ein Räuspern und erkannte Helens Stimme. „Hallo Fabian." Es folgte eine Pause und Fabian glaubte schon, dass sie wieder eingehängt hatte. „Oh Gott! Wie spät ist es?", gellte ihre Stimme plötzlich aus dem Lautsprecher. Fabian zuckte zurück und fiel dabei fast die Treppenstufen hinunter.

„Kurz nach halb drei", antwortete er in respektvollem Abstand zu der Anlage.

„Oh je!“, rief Helen atemlos. „Ich meine ... komm rauf.“ Fabian hörte ein Klicken in der Verbindung und versuchte vergebens, die Tür aufzudrücken. Verwundert schaute er die Hauswand hinauf, als ob er so herausfinden könnte, was mit Helen los war. Gerade, als er ein zweites Mal klingeln wollte, erschien Helens Stimme erneut. „Entschuldige! Ich habe vergessen ... einen Moment ...“ Es folgte wieder ein Klicken, die Eingangstür summte und schwang unter Fabians Druck auf.

Nachdem Fabian die sechs Stockwerke hinaufgeklettert war, spürte er sein Herz heftig schlagen. Direkt unter dem Dach des alten Hauses stand die Wohnungstür einen Spalt offen. Fabian klopfte an und schob die Tür weiter auf. „Hallo, Helen?“ Er zögerte beim Eintreten.

„Hier“, kam die Antwort und gleich darauf: „Ich meine: Nicht herkommen!“ Ihre Stimme klang schrill. Dann hörte er einen kleinen Wutschrei.

„Ist alles okay bei dir?“ Fabian war hin- und hergerissen. Am liebsten wollte er zu ihr rennen und gleichzeitig wieder die Treppen hinunterrasen.

„Ja“, rief Helen etwas ruhiger. „Warte bitte einen Augenblick im Wohnzimmer. Ich bin gleich da.“

Im Storchenschritt betrat Fabian das Zimmer, in dem es aussah, als ob eine Bombe eingeschlagen hätte. Decken und Kissen lagen zerstreut herum und ein Kaffeebecher verteilte seinen Inhalt gleichmäßig auf dem Boden. Nichtsdestoweniger beeindruckte ihn die traumhafte Einrichtung des Wohnraumes. Er hatte eine riesige Fensterfront, die hinaus auf eine Dachterrasse mit Blick über Zürich führte. Die roten Dachbalken und eine gigantische Couch in dunklem Orange sorgten für fröhliche Gemütlichkeit. Zudem hing noch ein Hängesessel von der Decke und schwang einladend vor und zurück. Fabian dachte an das trostlose Loch, in dem er wohnte, und musste unwillkürlich seufzen.

Helen beschloss, es aufzugeben. Sie hatte vergeblich versucht, alle Klammern der Hochsteckfrisur zu entfernen. Die zerknickten Federn von gestern Abend hatte sie immerhin geschafft, mit einem Ruck aus ihren Haaren zu ziehen. Nicht ohne Schmerzen und einem verlorenen Haarbüschel.

Erbarmungslos führte der Badezimmerspiegel ihr katastrophales Aussehen vor. Ein riesiger Kaffeefleck prangte auf dem weißen Sonntags-Schlabbershirt. Sie musste mit dem Kaffeebecher in der Hand eingeschlafen sein. Der Rest des Inhalts war dann auf dem Weg zur Wohnungstür verloren gegangen, als der eingeschlafene Fuß ihr den Dienst verweigert hatte.

Helen war bereits geschlagene zehn Minuten im Bad. Dummerweise hatte sie keine Wechselkleidung mitgenommen und musste sich Fabian also in diesem Aufzug stellen oder hier im Bad verschimmeln. Wenigstens war sie auf dem Weg hierher noch in ihre Jogginghose gesprungen.

Sie atmete tief durch. Sie würde das schaffen, redete sie sich gut zu. Für die Freundschaft mit dem schwulen Mr. Perfect und für die versprochene Wunder-Haarspülung, die ihr plötzlich wieder in den Sinn gekommen war. Wenigstens kam es jetzt nicht mehr so darauf an, wie sie aussah, fiel es ihr ein. Sie beschloss hinauszugehen, die Wunderspülung entgegenzunehmen und Fabian dabei keinesfalls in die Augen zu schauen!

„Ich sehe, du brauchst wirklich Hilfe mit deinen Haaren!" Fabian traute kaum seinen Augen. Die Frau, die da vor ihm stand, konnte nicht dieselbe von gestern Abend sein. Aber irgendwie sah sie richtig süß aus, wie sie dort mit den verwuschelten Haaren und dem überdimensionierten Shirt stand und verlegen zu Boden schaute. Er hatte sowieso noch nie verstehen können, warum sich Frauen für Dinge wie Joggen schminkten und in Schale warfen.

„Ich hatte keine Gelegenheit, mich um sie zu kümmern. Mit deiner Superspülung wird es mir nachher sicherlich leicht fallen", erklärte sie mit gesenktem Blick.

Fabian verkniff sich die Frage, was sie heute den ganzen Tag gemacht hatte. Stattdessen griff er in die Tasche seines Jogginggürtels und zog eine edle Flasche heraus.

„Danke!“ Sobald Helen die Spülung in der Hand hatte, drehte sie sich um und verschwand wieder. Fabian blieb verdutzt zurück. Was war nur mit ihr los? „Geht es dir gut?“, rief er hinter ihr her.

„Alles in Ordnung.“ Mit zittrigen Händen stellte sie die Pflegespülung auf den Badewannenrand. Es funktionierte. So konnte sie die Kontrolle über sich behalten. Allerdings würde Fabian irgendwann misstrauisch werden. Sie musste sich also etwas einfallen lassen.

„Sollen wir dann los?“, fragte Fabian irritiert.

„Ja gleich, geh schon mal runter.“ Panisch suchte Helen nach einer Lösung für ihr Problem. Ihr Blick fiel auf den Schuhschrank, auf dem eine von Yvonnes riesigen Sonnenbrillen lag. Das war die Idee! Sie war dunkel genug, sodass man unbemerkt an etwas vorbeischauen konnte. Zum Beispiel an den verflixten Funkelaugen eines unerreichbaren Traummannes. Helen sprang in ein paar ausgetretene Joggingschuhe und langte nach der rettenden Sonnenbrille.

Vor der Haustür wartete Fabian und blickte zuerst Helen skeptisch an und dann den stahlgrauen Himmel. „Na dann lass uns mal losjoggen bei diesem unsagbar grellen Sonnenschein. Hätte ich vielleicht noch Sonnencreme mitbringen sollen?“ Als Reaktion auf seinen Kommentar preschte Helen wortlos an ihm vorbei. Fabian runzelte die Stirn. Warum hatte sie bloß diese unglaubliche Sonnenbrille auf, mit der sie aussah wie eine überdimensionierte Fliege? Gleich würde sie zu summen anfangen und abheben, schoss es ihm durch den Kopf. Fabian wurde das Gefühl nicht los, es mit einer leicht Verrückten zu tun zu haben. „Jetzt warte doch!" Er sprintete hinter ihr her, überholte sie und drehte sich im Laufen zu ihr um. „Und warum trägst du nochmals dieses Monster auf deiner Nase?"

Helen schob die rutschende Brille wieder hoch. Nicht in seine Augen schauen! „Das ist eine Designerbrille und kein Monster", versuchte sie, um eine Erklärung herumzukommen und drängelte an ihm vorbei. Sie musste unbedingt vor ihm laufen. Fabian hatte eine dieser furchtbaren Jogginghosen an, bei denen man jeden Muskel erahnen konnte. Besonders sein knackiger Hintern kam gut zur Geltung, auch wenn Helen aufgrund der Dunkelheit alles nur sehr vage erkennen konnte. Sie ließen die Häuserzeilen ihres Viertels hinter sich und joggten nun auf den Zürichsee zu. Helen konzentrierte sich auf den Weg vor ihr.

„Ich sehe täglich viele Stars, die mit geschmacklosen Designerklamotten herumlaufen. Das ist definitiv nicht dein Stil. Warum also dieses Ding?"

Er ließ nicht locker. Hektisch überlegte Helen. Warum trägt man etwas, was absolut unpraktisch ist und man selbst hässlich findet? Und Helen fand die Brille potthässlich. Yvonne sah damit zwar elegant aus, aber ihrer Freundin stand auch einfach alles. „Woher weißt du überhaupt, was mein Stil ist?“ Sofort fiel ihr eine Antwort ein und sie biss sich auf die Zunge. Er war schwul. Wahrscheinlich war Stilberatung sein Hobby. Schnell redete sie weiter. „Hab ich geschenkt bekommen und damit niemand beleidigt ist, muss ich sie mal ausführen“, log sie. Helen wusste, dass sich das ziemlich bescheuert anhörte. Was hätte sie auch sagen sollen?

Nun begannen obendrein, die ersten Regentropfen vom Himmel zu fallen. Lauter kleine Ringe entstanden auf der Wasseroberfläche des Sees. Der perfekte Zeitpunkt für einen Schauer, ärgerte sich Helen. Sie betete darum, dass die Sonne wieder zum Vorschein käme.

„Bei dem Wetter? Ich glaube, jetzt verstehe ich!“, neckte Fabian sie. „Du möchtest keinen Regen ins Gesicht bekommen und da sind natürlich so radgroße Gläser praktisch.“

„Haha!“, höhnte Helen und streckte Fabian die Zunge heraus. „Ganz falsch! Ich werde von Murphys Gesetzen verfolgt.“ Das war jedenfalls die Wahrheit. „Und da es nach Regen aussah, dachte ich mir, muss ich eine Sonnenbrille mitnehmen, sonst würde mich bestimmt gleich die Sonne blenden.“ Das hatte doch eine gewisse Logik, redete sich Helen gut zu.

„Kleiner Vorschlag. Nimm doch nächstes Mal einen Regenschirm mit, wie man das normalerweise so macht. Jetzt wird es nämlich echt ungemütlich hier und leider sind deine Räder nicht groß genug zum Unterstellen."

Das Tröpfeln war mittlerweile zum Strömen geworden und Helen spürte, wie das Shirt an ihr zu kleben begann. ‚Nicht auch das noch!', fiel es ihr mit Schrecken ein. Unter dem Shirt trug sie einen Mickey-Mouse-BH. Völlig ungeeignet zum Joggen, superbequem für einen Sonntagmorgen, aber vor allem definitiv nicht öffentlichkeitstauglich. Wenn der Regen das Shirt erst mal aufgeweicht hätte, würde man die Comicfiguren darunter deutlich sehen können. Schützend hob sie die Arme vor die Brust und blickte sich um. „Schau mal, da drüben ist eine Imbissbude. Da können wir uns unterstellen." Vornübergebeugt rannte Helen blindlings auf den Unterstand direkt am See zu. Etwas außer Atem erreichte wenig später auch Fabian den Imbiss. Helen schnupperte in die Luft und der Duft von Gebratenem ließ ihren Magen knurren.

„Da schifffät, odr?", rief der Budenbesitzer ihnen zu. „Wönder öppis Warms?"

„Na das passt ja. Hier gibt's die beste Cervelat von ganz Zürich. Verschieben wir unseren Ausflug?", fragte Fabian und schaute zu dem aufgewühlten See hinüber.

Helen folgte seinem Blick. Es war gemütlich, hier

im Schutz zu stehen und dem Platschen des Regens auf die Blätter der Platanen zu lauschen. Die Lust zum Joggen war ihr allemal vergangen. Sie nahm das verlockende Angebot an und hatte kurze Zeit später einen Pappteller mit einem Würstchen vor sich.

„Äh, Helen“, unterbrach Fabian ihren Versuch, die viel zu heiße Cervelat abzubeißen. „Hier wird dich schon kein Regentropfen erschlagen. Könntest du eventuell wenigstens hier das Ding abnehmen. Die dicken Tropfen, die eben auf deiner Sonnenbrille gelandet sind, lassen dich aussehen, wie eine Fliege, die weint. Und der Anblick macht mich ganz traurig.“

Er schien es ernst zu meinen. Helen war gerührt und fühlte ihr Herz einen kleinen Hüpfer machen. Wie sollte sie ihm das jetzt abschlagen, ohne sich erneut in irgendwas zu verstricken. Glücklicherweise hatte sie ja ihr Essen, auf das sie sich konzentrieren konnte. Zögernd nahm sie die Sonnenbrille ab und schenkte dann ihre Aufmerksamkeit wieder dem Würstchen auf ihrem Teller. Plötzlich sah sie Fabians Hand aus dem Augenwinkel ihrem Gesicht immer näherkommen.

„Du hast da gekleckert.“ Behutsam wischte er mit einer Serviette einen Senfspritzer von Helens Kinn. „Dein schönes Shirt soll doch nicht schmutzig werden.“ Frech zwinkerte er ihr zu.

Zu spät merkte Helen, dass sie ihn anstarrte. Die

Funken aus Fabians Augen verursachten ein Feuerwerk in ihrem Magen und ihre Knie wurden zu Wackelpudding. Mit aller Gewalt riss sie ihren Blick los und versuchte verzweifelt, ihre Sonnenbrille wieder aufzusetzen, die stattdessen herunterfiel. Bei ihrem Rettungsmanöver geriet auf einmal das Würstchen ins Rutschen und schoss geradewegs von ihrem Teller auf Fabian zu. Riesige Senfkleckse landeten auf seinem Shirt.

„Oh nein, das wollte ich nicht!" Helens Stimme war schrill. Sie warf ihren Pappteller zur Seite und griff nach einigen Servietten. Damit rieb sie den Senf von Fabians Shirt, verteilte ihn zuerst aber nur weiter. Plötzlich wich Fabian einen Schritt zurück.

Das war alles so schnell gegangen. Und dann diese Berührungen! „Ich mach das schon", stammelte Fabian und griff selbst nach den Servietten.

„Tut mir echt leid! Ich bin so ein Schussel!"

„Nichts passiert!" Er atmete tief durch und versuchte, Helen einen aufmunternden Blick zuzuwerfen. Die hatte einen knallroten Kopf. „Jetzt passen wir wenigstens zusammen." Fabian deutete von Helens Kaffeefleck zu seinen Senfflecken und musste grinsen. Auch Helen schien sich wieder zu entspannen. Jedenfalls, bis sie die zerbrochene Sonnenbrille auf dem Boden entdeckte.

„Oh Mist, Yvonne wird mich umbringen! Die war garantiert teuer." Sie hob das lädierte Stück vom

Boden auf.

„Also doch nicht deine?“ Warum wunderte ihn diese Neuigkeit bloß nicht? Helen schaute ihn belämmert an. „Versuche es bitte nicht zu erklären“, winkte er ab, als er sah, wie Helen nach Worten rang. „Ich glaube, ich werde es sowieso nicht verstehen. Und übrigens tut es mir wirklich leid wegen diesem Dingsda.“ Er deutete auf die kaputte Brille. „Obwohl ich gestehen muss, dass die Welt ohne es definitiv schöner ist.“ Es war wunderbar, wieder ihr ganzes Gesicht und ihre großen blauen Augen, die momentan so niedlich erschrocken dreinschauten, betrachten zu können.

„Die Abwechslung mit dir tut mir echt gut!“, erklärte Fabian, als sie vor Helens Haustür ankamen.

Helen konnte sehen, wie Fabian sich ein Lachen verbiss. „Auf meine Kosten!“ Sie rieb sich demonstrativ den Ellenbogen, mit dem sie gegen eine Laterne gelaufen war, kurz nachdem sie sich wieder in seinen braunen Augen verloren hatte.

„Du siehst auch schon viel fröhlicher mit Smiley auf dem Shirt und ohne Sonnenbrille aus.“ Fabian tippte auf Helens Bauch, wo er auf den Kaffeefleck noch ein paar Senfpunkte verteilt hatte.

Die Wärme, die Fabians Hand ausstrahlte, verursachte ein Prickeln auf ihrer Haut. Wie konnte dieser Mann bloß schwul sein? Ob er es nun war oder nicht, sie hatte wirklich einen wundervollen Nachmittag verlebt. Schließlich hatte er sie zum Lachen gebracht und dafür nahm sie blaue Flecken bereitwillig in Kauf. „Was meinst du, sollen wir das wiederholen?“ Am liebsten bald, ergänzte sie in Gedanken.

„Sehr gerne!“ Seine Stimme war sanft und warm und er machte einen Schritt auf sie zu.

Es kam Helen vor, als hauchte er ihr unendlich langsam einen Kuss auf die Wange. Sie konnte kaum noch atmen und hatte das Gefühl, abzuheben und einige Zentimeter über dem Boden zu schweben.

„Nächste Woche gleiche Zeit?“, fragte Fabian, während er bereits ein paar Schritte die Straße hinunterging.

„Wunderbar!“, flötete sie in einer merkwürdig hohen Stimmlage. Sie hatte neutral klingen wollen, aber das war ihr nicht geglückt. Sie hoffte, dass Fabian weder ihre Aufgeregtheit noch ihre Enttäuschung herausgehört hatte. Eine Woche lang müsste sie also ohne ihn aushalten. Nur sieben Tage, munterte sie sich selbst auf. Er drehte sich noch einmal um und rief: „Du bist echt eine tolle Freundin!“

Mit einem Schlag war Helen wieder auf dem Boden gelandet.

6

„Such dir einen anderen Helden! Das hat doch keinen Sinn so!“ Yvonne schnürte ihr Schuhband vom Rollschuh und stemmte sich dann elegant in die Höhe. „Und schau nicht so finster drein. Du kennst meine Meinung.“

Helen hielt sich am Geländer der Rollschuhbahn fest. Mit einem Finger kratzte sie gedankenverloren die blätternde Farbe von der Stange ab. „Ich weiß. Aber Helden sind keine Umtauschware und auch nicht preiswert im Sonderschlussverkauf zu ergattern. Ich kann ihn nicht einfach wegwerfen.“

„Sieh dich an! Dir geht es nicht gut damit. Halte dich fern von ihm, bevor deine Augen nie mehr abschwellen. Und jetzt lass uns endlich ein paar Runden drehen, du Angsthase.“ Schon legte Yvonne einen Arm um ihre Hüfte und zog sie auf die Bahn, auf der bereits ein fröhliches Geschiebe und Gedränge herrschte.

„Wenn ich in seiner Nähe bin, geht's mir sehr wohl fantastisch!“, ereiferte sich Helen. Sie versuchte, sich kurz aus Yvonnes Umarmung zu lösen, klammerte sich aber sofort wieder an sie.

„Ich sag dir eins: Ich habe dich oft genug in letzter Zeit getröstet. Und langsam reicht es mir." Sie knuffte Helen in die Seite. „Und Fabian kann dir als schwuler Kerl nicht alles geben, was du brauchst. Such dir einen anderen, und zwar bald! Ich weiß nämlich nicht mehr, wie ich dir noch helfen soll."

„Fabian macht mich glücklich! Platonisch eben. Ich bin nun mal nicht so wie du. Für mich sind Männer keine Sexobjekte." Helen versuchte, zurück zu knuffen, schwankte aber bedrohlich und ließ es lieber bleiben. „Du brauchst mich nicht mehr zu trösten. Das ist jetzt vorbei!" Dann gestand sie kleinlaut: „Obwohl ich kaum glauben kann, dass er schwul ist."

„Genau das meine ich! Solange du das nicht sicher weißt, wird er dir wehtun, auch wenn er das gar nicht beabsichtigt." Yvonne bremste sie beide ab und schaute Helen ernst an. „Frag ihn! Du musst es wohl von ihm selbst hören. Schmerzhaft wird es so oder so. Das wäre nur der kürzere Weg."

Eine Gruppe johlender junger Mädchen stürmte an ihnen vorbei und Helen wartete, bis Yvonne sie wieder verstehen konnte. „Das schaffe ich nicht", erklärte sie mutlos. „Er wüsste sofort, warum ich ihn frage. Und wenn ich mir so die Blöße gäbe, würde ich ihn danach nicht mehr treffen wollen. Aber ihn nicht zu sehen, wäre momentan das

Schlimmste für mich!“

Yvonne nickte nur. „Dich hat's voll erwischt.“ Sie seufzte. „Du weißt ja, dass ich am Sonntag meinen Geburtstag mit einem Brunch feiern möchte. Da werde ich dir endlich meinen neuen Lover vorstellen. Sofern der sich mal wieder bei mir meldet“, fügte sie grimmig hinzu und redete schnell weiter. „Bring Fabian mit. Dann kann ich ihn etwas besser kennenlernen.“

„Na klar! Damit du ihn ausquetschst und ihn auf deine Weise vergraulst“, erwiderte Helen spöttisch. „Ich weiß, du meinst es nur gut, aber ich will mich wirklich weiterhin mit ihm treffen. Ich verspreche dir auch, ihm nicht hinterherzuheulen! Ich werde mich zur Ablenkung in die Arbeit stürzen. Morgen fange ich an, mich um einen neuen Auftrag zu kümmern.“

„Hey, deine erste gute Idee seit Langem. Und wenn du das schaffst, verspreche ich dir, dass ich ihn nicht in die Mangel nehmen werde! Ehrenwort. Also lad ihn ein.“ Yvonne nahm wieder Fahrt auf und schubste Helen dabei sanft vorwärts.

Helen überlegte nur kurz. „Na gut. Eigentlich passt das perfekt. Ich hätte sonst das Treffen mit Fabian absagen müssen. Denn zum Joggen hätte ich direkt nach dem Brunch nicht gehen können“, gestand Helen in Vorfreude auf das feudale Essen in ihrem Lieblingscafé. Das würde sie viel besser genießen können, wenn sie deshalb nicht auf die

Verabredung mit Fabian verzichten müsste.

Helen fühlte sich erleichtert. Aus den Lautsprechern dröhnte „I will survive", was sie endgültig in gute Stimmung versetzte. Irgendwie würde sie das schon schaffen! Jetzt wollte sie erst mal Spaß mit Yvonne haben, die sich extra was überlegt hatte, um sie aufzumuntern. „Geht das hier eigentlich schneller, du lahme Schnecke? Ich dachte, du wärst mal Rollschuhschnellläuferin gewesen!", frotzelte Helen, die von Yvonne durch die Gegend geschoben wurde.

„Na, ganz wie du willst." Mit wenigen Schritten war Yvonne so schnell, dass Helen zu kreischen begann.

Bis zum Ende der Woche hatten sich Yvonnes Pläne allerdings geändert. Helen hatte ihren neuen Freund kurz kennengelernt, als er mit einer betörend duftenden Orchidee aufgekreuzt war, um sich bei Yvonne für die Sendepause zwischen ihnen zu entschuldigen. Als Eventmanager hatte er kurzfristig für einen Kollegen einspringen müssen, um die Organisation für ein Konzert zu retten. Als Wiedergutmachung wollte er mit ihr das Wochenende in einer romantischen Berghütte verbringen und Yvonne war hellauf begeistert. Das war genau die Art von Überraschung, die sie liebte.

Als dann die große Knutscherei losging, schnappte Helen sich ihre Joggingschuhe und ging zum zweiten Mal an diesem Tag laufen. Das wollte sie lieber nicht mit ansehen. Die nächsten Tage würde sie schon genügend Begeisterungstürme von Yvonne ertragen müssen.

Helen hatte das Gefühl, noch nie so fit in ihrem Leben gewesen zu sein. Denn ihre einzige Möglichkeit abends einzuschlafen und nicht an Fabian zu denken war, so lange zu joggen, bis sie vor Müdigkeit kaum noch stehen konnte. Das half aber leider nicht gegen das Kribbeln im Bauch, dass sie tagsüber überfiel, wenn sie an das kommende Treffen dachte. Um sich davon abzulenken, kümmerte sie sich jede freie Minute um ihre Bewerbungen. Sie war sehr zufrieden mit sich. Wäre doch gelacht, dachte sie, wenn sie und Fabian nicht gute Freunde werden könnten!

7

Fabian saß hinterm Steuer und es fiel ihm schwer, sich auf den Verkehr zu konzentrieren. Seine Hände waren schwitzig und das mit Sicherheit nicht nur von der brütenden Hitze, die im Wagen herrschte. Verstohlen warf er einen Blick auf seine Beifahrerin, nur um sogleich von einem Autohupen aufgeschreckt zu werden. Fast wäre er von der Spur abgekommen, weil neben ihm die bezauberndste Frau der Welt saß. Gleich, als er Helen aus der Haustür hatte kommen sehen, hatte er gewusst, dass es sinnlos war, weiter zu ignorieren, was in ihm vorging. Sie hatte ihm sprichwörtlich den Atem geraubt. Sein Körper reagierte einfach auf diese Frau, ohne dass er etwas dagegen tun konnte. Beinahe hätte er sie in die Arme genommen und geküsst. In letzter Sekunde hatte er sich bremsen können, ihr dann aber vor lauter Verlegenheit fast die Hand zur Begrüßung entgegenstreckt. Irgendwie hatte er es noch geschafft, ihr einen kurzen Kuss auf die Wange zu geben.

Grosi Vreni hatte recht, erkannte er. Helen war mehr als nur eine gute Freundin für ihn und es war Helen gegenüber nicht fair, was er tat. Wie sollte er ihr erklären, was los war? Hätte er doch bloß vorher daran gedacht und sich etwas überlegt. Er musste improvisieren, bevor diese wunderbare Frau unerreichbar wurde. Andererseits, würde sie es verstehen? Ihm fiel ein, was Helen damals in der Disco zu ihm gesagt hatte: ‚Irgendwann rutscht mir immer die Wahrheit heraus.' Sein Magen krampfte bei dem Gedanken daran, was für ihn auf dem Spiel stand. Wie sollte er ihr sein größtes Geheimnis anvertrauen, wenn sie es unbeabsichtigt ausplaudern könnte? War er bereit, seinen Traum für sie zu riskieren? Er spürte, dass er das Lenkrad viel zu fest hielt. Seine Fingerknöchel traten bereits weiß hervor.

Fabian atmete tief durch. Es wollte Helen nicht verlieren. Also blieb ihm nichts anderes übrig, als das Risiko einzugehen und ihr die Wahrheit zu erzählen. Wenn Helen keinen Kontakt zu seinen Arbeitskollegen hätte, könnte sie sich bei niemandem Wichtigem verplappern. Theoretisch müsste sie sich nur vom Friseursalon Renk fernhalten und das wäre für sie mit Sicherheit nicht allzu schwierig. In seinem Magen begann es zu kribbeln. Ihm fiel ein, dass sie sich in der Öffentlichkeit zurückhalten mussten. Was wäre, wenn ein Kollege oder ein Kunde sie sehen würde? Fabian wurde bewusst, wie kompliziert das eigentlich war. Er beruhigte sich damit, dass es ja nur noch für wenige Monate so wäre.

Sobald sie eine ruhige Minute hätten, wollte er ihr alles erzählen.

„Das war eine tolle Idee von dir, das mit dem Schwimmen!“, sagte er endlich in die angespannte Stille.

Fabian strahlte sie an. Sofort begannen kleine Flügel in Helens Magengegend zu schlagen und brachten ihre Gedanken ins Stolpern. Nein, sie wollte das nicht. ‚Nur Freunde!‘, rief sie sich in Erinnerung und wiederholte es wie ein Mantra. Krampfhaft versuchte sie, an etwas anderes zu denken, als seine Hände auf ihrem heißen Körper. Helen starrte geradeaus auf die Straße und zählte Laternenpfähle, bis ihr Herz wieder gleichmäßiger schlug.

„Klar, bei dem Wetter! Viel zu warm zum Joggen“, brachte sie endlich hervor. Gott sei Dank konnte sie bereits das Schild zum öffentlichen Schwimmbad sehen. Sie freute sich auf die Abkühlung und unter Menschen würde es ihr hoffentlich leichter fallen, den attraktiven Mann neben ihr wie einen Kumpel zu behandeln. Sobald der Motor verstummt war, öffnete sie die Tür.

„Warte bitte noch kurz.“ Fabian berührte sie an der Schulter.

Wie elektrisiert zuckte Helen zusammen. Sie griff

nach ihrer Tasche mit den Schwimmsachen und versuchte erneut auszusteigen. „Es ist so heiß hier im Wagen. Ich muss schnell raus“, entschuldigte sie ihr panisches Manöver.

„Helen?“ Ein lauter Klingelton übertönte seine Frage.

„Moment, ja?“ Erleichtert wühlte Helen in ihrer Tasche, bis sie das Telefon gefunden hatte. „Hallo Süße. Wie geht's?“ Zu Fabian sagte sie stumm, dass Yvonne am anderen Ende dran war, und redete weiter mit ihr. „Oh nein, so ein Mistkerl! Wie kann er so etwas nur tun? Warte kurz, Fabian ist mit dem Auto da.“ Helen hielt den Hörer zur Seite und wandte sich dann an Fabian. „Es ist ein Notfall. Könntest du mir helfen und Yvonne abholen? Ihr Freund hat sie alleine in den Bergen zurückgelassen. Sie ist völlig aufgelöst.“

„Sicher!“, gab Fabian zurück und brachte sofort eine Straßenkarte zum Vorschein. „Wo ist sie jetzt?“

Helen sprach kurz mit Yvonne, nannte einen Ort und suchte ihn mit dem Finger auf der Karte. „Halte durch Süße, wir sind gleich bei dir.“ Sie klappte das Handy zu und ließ sich zurück in den Autositz fallen.

„Was ist passiert?“, fragte Fabian besorgt.

„Yvonne ist mit ihrem Freund fürs Wochenende zu dieser Hütte gefahren. Aber nun hat sie sich mit ihm gestritten. Und der Mistkerl ist abgehauen. Einfach so!“ Helen fühlte Wut aufsteigen. Wie konnte jemand Yvonne so etwas antun? „Jetzt sitzt die Arme da alleine und ohne Auto. Wir müssen unbedingt zu ihr!“ Bestimmt heulte sie sich gerade die Augen aus dem Kopf. Der Gedanke ließ ihr ganz elendig zumute werden.

Fabian zog erstaunt die Augenbrauen hoch und ließ dann den Motor wieder an. „Das ist übel. Sag mir, wie ich hinkomme.“

Die Hütte war leicht zu finden und in weniger als einer halben Stunde waren sie da. In der Auffahrt stand allerdings schon ein Pkw. „Oh Gott, er ist zurück!“, rief Helen besorgt. „Hoffentlich streiten sie nicht wieder!“ Sie sprang aus dem Auto und lief den Weg zum Haus hinauf. Die Eingangstür klemmte. Fabian holte sie ein und stemmte sie mit Schwung auf. Aus dem Inneren ertönten leise Schreie.

„Yvonne, wo bist du?“, rief Helen und stürmte in den Wohnraum. Sie schaute sich suchend um und lauschte einen Moment, aus welcher Richtung die Geräusche kamen. „Ich glaube, sie sind da!“ Sie zeigte auf eine Tür am anderen Ende des Flurs.

Helen wollte gerade auf die Tür zustürmen, als sie Fabian plötzlich am Arm packte und zurückhielt. Wütend drehte sie sich um. Die Schreie im anderen Zimmer wurden immer lauter. „Lass los! Wir müssen ihr helfen!“

„Helen, schau mal.“ Fabian deutete auf die Holzdielen der Hütte.

Sie sah hinunter und entdeckte einen Pullover von Yvonne. „Na und?“ Yvonne war vielleicht nicht die Ordentlichste, aber das war noch lange kein Grund, sie im Stich zu lassen. Helen zerrte an ihrem Arm, um loszukommen.

Fabian ließ nicht locker. „Da liegt noch mehr, schau!“ Er hörte sich gequält an.

Das konnte doch nicht wahr sein! Was für ein Kerl war das eigentlich, der in so einer Situation auf Kleidungsstücke achtete, die auf dem Boden lagen, wenn nebenan eine Frau schrie? Wobei es sich momentan eher wie Kichern anhörte, fiel es ihr auf. Aber wie sollte sie das durch eine Tür hindurch beurteilen? Sie versuchte, sich zu beherrschen. „Jetzt lass mich endlich zu ihr!“

Fabians Lippen kräuselten sich spöttisch und er zog sie zur Tür, hielt aber ihre Hand fest, als sie nach der Türklinke greifen wollte. „Ich glaube nicht, dass Yvonne gerade etwas tut, was ihr nicht gefällt.“ Mit diesen Worten deutete er auf einen rosa Stringtanga, der neben dem dazu passenden BH direkt vor Helens Füssen lag. Wie um seine Worte zu unterstreichen, war nun ein Stöhnen und Brummen aus dem Nebenraum zu hören.

Helen spürte, wie ihr das Blut in die Wangen schoss. Nun vernahm sie Yvonnes Stimme deutlich: „Oh Titus, du bist der Beste!“

Das durfte nicht wahr sein! Sie wollte das nicht hören! Bevor sie noch mehr verstehen konnte, stürmte Helen an Fabian vorbei, hinaus an die frische Luft.

Sie hatte ihre beste Freundin beim Sex belauscht! Gott, wäre das peinlich geworden, wenn sie die Tür aufgerissen hätte! Aber eigentlich wäre Yvonne selbst schuld gewesen, überlegte sie trotzig. Sie hätte sie schließlich warnen können.

Plötzlich hörte sie ein leises, kehliges Lachen neben sich. „Das nennt man dann wohl Versöhnungssex", stellte Fabian fest.

Auch sie musste grinsen. Das sah Yvonne ganz ähnlich. Helen räusperte sich. „Danke, dass du mich zurückgehalten hast." Vorsichtig schaute sie zu ihm auf. „Und entschuldige, dass wir nun umsonst hierher gefahren sind."

„Kein Problem. Es war mir wirklich ein großes Vergnügen!" Wieder lachte er dieses raue Lachen. Helen überrieselte ein Schauer und ihr wurde noch heißer, wenn das überhaupt noch möglich war. Sie brauchte eine Abkühlung, dringend! Aber ins Haus wollte sie nicht zurück. Suchend blickte sie sich um und entdeckte einen Weiher mit Badestrand etwas unterhalb der Hütte. Genau das Richtige! Glücklicherweise hatte sie ihren Bikini schon drunter an. Sie nickte mit dem Kopf in die Richtung und rief: „Los! Wer als Erster drin ist."

Fabian schaute irritiert, bis er begriff, was sie meinte. Gemeinsam rannten sie los. Noch im Laufen zog sich Helen ihr Shirt aus und warf es auf den kleinen Sandstrand, um dann an Hose und Schuhen zu zerren. Währenddessen wagte sie einen Blick zu Fabian, um zu sehen, wie weit er war. Ihr stockte der Atem und beinahe hätte sie sich mit ihren Hosenbeinen verheddert. Sein Oberkörper war makellos. Leicht wölbten sich die Brustmuskeln hervor und seine Hände griffen gerade nach dem Gürtel, um ihn zu öffnen. Schnell konzentrierte sich Helen wieder auf ihre eigenen Klamotten und hechtete kurz darauf ins Wasser.

Die Kälte raubte ihr für eine Sekunde den Atem, und nachdem sie einmal untergetaucht war, rannte sie zurück ans Ufer. Nach Luft schnappend beobachtete sie Fabian, der jetzt seinerseits ins Wasser stieg.

„Komm schon, so frisch ist es doch gar nicht“, versuchte Fabian, sie zu sich zu locken, stockte aber selbst nach einigen Schritten und lachte gequält. „Na gut, es ist gewöhnungsbedürftig.“

Helen schüttelte wild den Kopf. „Ich bin abgekühlt. Fürs Erste reicht's mir“, antwortete sie ihm.

Fabian schwamm eine Runde und als er zurückkam, döste Helen in der Sonne. Wasserperlen glitzerten auf ihrer Haut. Einige rannen zu ihrem Bauchnabel, wo sie einen kleinen See bildeten. Fabians Augen wanderten weiter über ihre weiblichen Rundungen. Er spürte, wie sein eigener Körper auf diesen Anblick reagierte. Gleich würde er sich erneut abkühlen müssen, wenn er seinen Blick nicht von ihr losriss. Er beschloss, die Handtücher aus dem Auto zu holen. Und wenn er zurück war, musste er es ihr erzählen. Dies war die perfekte Gelegenheit. Er begehrte sie so sehr und wusste schließlich, dass sie auch mehr für ihn empfand. Jedenfalls hoffte er, dass sich daran nichts geändert hatte. Der Rasen war voller spitzer Grashalme und Steinchen, sodass Fabian nur langsam vorankam. Das gab ihm immerhin genug Zeit, über die passenden Worte nachzudenken.

Als er zurückkam, hatte Helen sich auf die Seite gedreht und machte ein nachdenkliches Gesicht. „Woran denkst du?", fragte er und breitete die Handtücher zu einer Liegewiese aus.

Helen rollte sich auf ihre Hälfte. „Ich habe mir gerade überlegt, dass ich gut dran bin, so ohne Freund." Ihr Lächeln wirkte etwas verkniffen.

Es dauerte einen Moment, bis er begriff. „Du meinst wegen Yvonne und ihrem Typen? Na ja, nicht alle Männer sind so."

„Kann schon sein", erwiderte Helen. „Ich kenne bisher nur Idioten, außer dir, natürlich", gestand sie augenzwinkernd. „Aber du gehörst in die Kategorie ‚guter Freund' und darüber bin ich ziemlich froh!"

Fabian spürte, einen Stich bei ihren Worten. Ehe er darauf reagieren konnte, redete Helen bereits weiter. „Die Liebe macht alles so kompliziert und ich möchte mich momentan um meine Karriere kümmern. Wie viel Zeit bliebe mir dafür noch, wenn ich einen festen Freund hätte? Wie siehst du das?“

Fabian fragte sich, ob sie das ernst meinte, oder nur zum Selbstschutz sagte. Sie wirkte so ehrlich und entspannt. Und tatsächlich verstand er gut, dass sie Karriere machen wollte und deshalb beabsichtigte, ihr Privatleben eine Weile zurückzustellen. „So habe ich auch die letzten drei Jahre gedacht. Aber meine Meinung dazu hat sich vor Kurzem geändert.“ Er schaute ihr tief in die Augen und hoffte auf eine Reaktion von ihr. Helen drehte sich abrupt auf den Bauch und malte mit den Fingern Muster in den Sand. Fabian spürte, wie sich Enttäuschung in ihm breitmachte.

„Letzte Woche habe ich viele Bewerbungen geschrieben und endlich scheint sich mein Blatt zu wenden. Man hat mir an einem renommierten Theater hier in Zürich einen Job in Aussicht gestellt. Falls ich dort eine Chance bekomme, werde ich alles geben und meine Karriere nicht durch irgendwelche Techtelmechtel versauen.“ Helen schaute mit grimmiger Entschlossenheit zu ihm herüber.

Er wusste, dass sie auf ihre letzte Männerkatastrophe anspielte. Aber er fühlte sich auch davon angesprochen. Sein Mut sank. Sollte er ihr wirklich die Wahrheit sagen? Oder würde er damit nur ein unnötiges Risiko eingehen, wenn er ihr, die keine Geheimnisse für sich behalten konnte, alles erzählte? Ein kleines Lächeln huschte über seine Lippen bei der Erinnerung an ihre kläglichen Versuche, zu lügen. Er beschloss, noch ein wenig abzuwarten. Er brauchte ein eindeutiges Zeichen von ihr. Erst mal würde er ihr seinen Zukunftstraum verraten.

„Ich träume ebenfalls von einer Karriere, aber nicht bei diesem …“, Fabian suchte nach dem richtigen Wort. Noch musste er aufpassen, was er sagte, schließlich war er abhängig von seinem Chef. „Diesem ungerechten Renk.“ Das war das Harmloseste, was ihm eingefallen war. Treffender wäre mieses, chauvinistisches, launenhaftes Monster gewesen.

Erstaunt sah ihn Helen an. „Aber du bist doch sein Assistent, oder?“

„Das heißt ja nicht automatisch, dass ich gerne dort arbeite. Wobei ich zugeben muss, dass es mal eine Zeit gab, in der ich mit Freude in Renks Fußstapfen getreten wäre. Sein Leben erschien mir so aufregend und glamourös“, gestand Fabian.

„Willst du kein großer Star-Friseur werden?“ Helen stützte ihr Kinn in eine Hand und schaute neugierig zu ihm.

„Die Welt der Promis ist einfach nichts für mich. Alles ist so oberflächlich und ewig diese Allüren. Eines Tages bin ich aufgewacht und habe festgestellt, dass ich ebenfalls arrogant wurde. Ich hielt mich selbst für etwas Besseres, nur um diese Hochnäsigkeit einiger Kunden ertragen zu können. So wollte ich nie werden.“ Fabian wickelte nachdenklich eine Haarlocke von Helen um seinen Finger. Als Helen zurückwich, ließ er sie sofort wieder los. Schade, dachte er, und erzählte weiter, als ob nichts gewesen wäre. „Mein Wunsch ist es, für Menschen da zu sein, die sich über eine schöne Frisur freuen und die Respekt füreinander haben. In der Promibranche scheint mir das eher die Ausnahme zu sein."

„Warum arbeitest du dann noch da?"

Helens Blick war weich und am liebsten hätte Fabian ihr alles erklärt. Aber ihr Verhalten eben hielt ihn davon ab. „Ich habe einen Vertrag, der mich bindet. Außerdem brauche ich das Geld und die Meisterschule, die ich bezahlt bekommen werde. Nur damit kann ich mich selbstständig machen."

„Und wann wäre das? Hast du konkrete Vorstellungen?"

„Na ja, ich werde wohl die Tochter-Filiale von Renk führen dürfen, sobald ich den Meister in gut zwei Monaten gemacht habe. Aber eigentlich träume ich von meinem ganz eigenen, kleinen Salon. Es wird noch länger dauern, bis ich das Startkapital dafür habe." Das war der Wermutstropfen für ihn. Aber man konnte schließlich nicht alles sofort haben. „Bis es soweit ist, male ich mir aus, wie der Salon aussehen könnte." Er lachte über sich selbst. „Aber ich habe keine Ahnung von Einrichtung und Stil. Ich bekomme kein stimmiges Bild in meinem Kopf zusammen. Ich wünsche mir nur, dass sich dort die Kunden wohlfühlen. Es soll nicht wie ein heiliger Tempel wirken, in dem man nur leise reden darf", er imitierte das Flüstern, „damit man auch ja sein Feng-Shui, oder so, nicht zerstört."

Helens Augen blitzten vor Belustigung. Sie kaute einen Moment nachdenklich auf ihrer Unterlippe. „Ich könnte dir helfen", schlug sie vor. „Nur, wenn du willst, natürlich. Aber als gelernte Malerin und Bühnenbildnerin liegt mir so was. Es ist sozusagen mein Hobby, Wohnungen zu gestalten, und ein Friseursalon wäre eine tolle Herausforderung."

Fabian fehlten die Worte und er strahlte Helen eine Weile nur an. „Das würdest du?"

Sie würde noch viel mehr für ihn tun, wenn er sie so ansah. Helen musste grinsen bei dem Anblick von Fabians Honigkuchen-Lächeln. Sie hob eine Hand und sagte mit tiefer Stimme und allem Ernst, den sie aufbringen konnte: „Versprochen! Indianer-Ehrenwort! Und ich halte meine Versprechen, dafür bin ich sozusagen berühmt. Im Gegensatz zum Beispiel zum Lügen", fügte sie noch hinzu, „das geht immer schief, wie du ja weißt." Sie grinste.

Sie spürte, dass ihm der Traum vom eigenen Salon sehr wichtig war, und fühlte sich geehrt, dass er ihn ihr anvertraut hatte. Bisher hatte sie Fabian noch nie so offen erlebt.

Im Großen und Ganzen war dies ein toller Tag,

überlegte sie. Sie war stolz darauf, dass es ihr gelungen war, die gute Freundin zu spielen. Und so langsam glaubte sie selbst, was sie zu Fabian gesagt hatte. Vielleicht sollte sie sich wirklich vornehmen für die nächsten drei, vier Jahre, keine Männergeschichten anzufangen. Sie betrachtete Fabian aus dem Augenwinkel. Es würde ihr schwerfallen, nicht an die schönen Seiten einer Beziehung zu denken, wenn ein so anziehender Mann neben ihr lag. Da war wieder dieses heiße Pochen in ihrem Körper. Sehnsuchtsvoll glitt ihr Blick über die wohlgeformten Brustmuskeln hinunter zu seinem flachen Bauch. Ein kleiner Haarflaum zog sich von seinem Bauchnabel abwärts, bis unter den Rand seiner Badehose. Helen schluckte trocken. Solche Anblicke sollte sie zukünftig lieber vermeiden. Hastig stand sie auf und kühlte sich ihre Beine im See. In ihrem Kopf tauchte trotzdem das Bild von Fabians Händen auf ihrer Haut auf. Sie machte einen weiteren Schritt ins Wasser. Als sie plötzlich einen Arm um ihre Hüfte spürte, hielt sie die Luft an. War das noch Traum oder Realität? Sie wollte sich umdrehen und zurück ans Ufer gehen, fühlte sich aber wie gelähmt.

„Diesmal entkommst du mir nicht!", flüsterte Fabian ganz dicht an ihrem Ohr und zog sie mit sich. Als Helen sich sträubte, hob er sie einfach hoch und stapfte ins tiefere Wasser.

Helen krallte sich an seine Schultern. „Nicht!",

tobte sie, als sie endlich ihre Stimme wiederfand. Schon warf Fabian sie platschend in den See. Prustend tauchte sie wieder auf. „Monster!“ Aber Fabian grinste sie nur frech an und kam raubtierhaft langsam auf sie zu. „Was hast du vor?“, lachte sie und versuchte, ihn durch Wasserspritzen abzulenken. Wild ruderte sie mit Armen, bis Fabian ebenfalls komplett nass war. Trotzdem kam er näher. Als er sie erreicht hatte, hebelte er ihr einen Fuß vom Boden. Instinktiv schlang Helen ihre Arme um seinen Hals und hielt sich fest. Sie johlte vor Freude und probierte vergebens, ihn unterzutauchen. Mit aller Kraft drückte sie ihre Wade in seine Kniebeuge und zog seine Schultern hinab. Aber Fabian wankte nicht einmal, sondern zog sie einfach dicht an sich, bis sie keinen Spielraum mehr hatte, um ihn zu ärgern.

Mit einem Schlag wurde ihr bewusst, wie nahe sie beieinanderstanden. Seine nackte Haut berührte ihre und ihr Busen schmiegte sich an seine Brust. Helen wurde schwindelig, als seine Hand über ihren Rücken streichelte. Das Herz schlug ihr bis zum Hals und sie wagte kaum noch zu atmen. Sie hielt ganz still und wünschte sich, dass dieser Moment nicht vergehen würde.

Ihre Hände machten sich selbstständig und glitten über seine kräftigen Rückenmuskeln hinauf zu seinem Nacken. Fabian schien sie noch fester zu umschlingen. Hart drückte etwas an ihre Hüfte.

Plötzlich begriff sie, was das war. Überrascht blickte sie in Fabians Augen. Sein Verlangen war unmissverständlich. Als sein Mund sich dem ihren näherte, wollte Ihr Herz schier zerspringen.

Erst berührten seine Lippen sie nur behutsam, dann immer fordernder. Kurz kam ihr der Gedanke, dass sie träumen musste, dass dies eigentlich nicht passieren durfte, aber schon war er verflogen. Ihr war es nur recht, sie wollte mehr! Ihr Körper sehnte sich nach Fabian. Vollkommen gab sie sich seinen Küssen hin. Ihre Hand strich über seine Brust hinab zu seiner Taille und sie konnte spüren, wie er erschauerte. Er zog ihr Bein hinauf, schlang es um seine Hüfte und küsste gleichzeitig ihren Hals. Helen legte ihren Kopf in den Nacken.

Unvermittelt unterbrach Fabian seine Liebkosungen. Nur langsam begriff Helen, dass etwas nicht stimmte, und hob ihren Kopf an. Ihre Kehle schnürte sich zusammen, als sie in seine erschrockenen Augen blickte. Bereute er, was gerade passierte? Augenblicklich ließ sie ihn los und spürte das kalte Wasser um sich herum. Sie begann zu zittern und schlang die Arme um ihren Körper. Fabian schaute sich um, aber Helen konnte nicht entdecken, was er suchte. Plötzlich hörte sie, wie jemand ihren Namen rief. Es schien nicht das erste Mal gewesen zu sein, denn es klang ungeduldig und verzweifelt: „Helen, wo bist du?" Ein Wutschrei folgte.

Helen war alarmiert. Das war eindeutig Yvonne. Aufgrund der Uferböschung konnte sie nichts sehen und watete in Richtung Strand. Von dort sah sie Yvonne, die nervös vor der Hütte auf und ab hüpfte, während sie gleichzeitig versuchte, ihre Sandalen anzuziehen. Helen spürte Fabian dicht hinter sich. Seine Hand legte sich auf ihre Schulter. Da, wo er sie berührte, begann ihre Haut zu kribbeln. Sie genoss es.

„Ich glaube, sie braucht deine Hilfe." Wehmut lag in seiner Stimme.

Sie blickte den Hügel hinauf zu der aufgeregten Yvonne. Fabian hatte recht. Warum war Yvonnes Timing nur so unglaublich schlecht? Am liebsten hätte Helen Fabian hinter den nächsten Busch gezogen und da weiter gemacht, wo sie aufgehört hatten. Bevor Helen ihren Gedanken in die Tat umsetzten konnte, hörte sie erneut Yvonne rufen.

„Oh Gott, da bist du ja!" Yvonne winkte hektisch und lief auf sie zu. „Wir müssen weg hier. Sofort!"

Es klang ziemlich melodramatisch aber Helen sah Yvonne an, dass sie kurz davor war, in Tränen auszubrechen. Es musste also ernst sein. Sie schnappte sich ihr Handtuch, rubbelte sich trocken und sprang in ihre Shorts. „Was ist passiert?", fragte sie, während sie einen letzten Blick auf Fabians nackten Oberkörper warf, bevor er sich ganz angezogen hatte. Das war die pure Selbstfolter. Sie konzentrierte sich wieder auf Yvonne.

Hektisch blickte die sich um. „Erzähl ich im Auto. Beeilt euch!“, bettelte sie. Just in diesem Augenblick erschien ein halb nackter Mann am Hütteneingang. „Yvonne! Bitte, es ist ein Missverständnis!“, rief er ihr zu und stürmte barfuß los. Nach zwei hüpfenden Schritten musste er sein Tempo wegen der scharfen Kiesel und Grasborsten verlangsamen. Yvonne riss die Handtücher vom Boden und rannte zu Fabians Auto.

Fabian suchte bereits im Laufen nach dem Autoschlüssel. Es schien wirklich eilig zu sein. Yvonne sah ganz geknickt aus und es fiel ihm schwer, ihr böse zu sein. Fabian hatte den Wagen bereits gestartet und gewendet, ehe der andere Mann in ihre Nähe kam. Als sie die geteerte Straße erreicht hatten, schnallte er sich an und atmete tief durch. Ein Blick zu seiner Beifahrerin sagte ihm, dass Helen mindestens genauso durcheinander war, wie er selbst. Wie gerne würde er jetzt mit ihr reden. Wobei das ruhig nach ihrer körperlichen Annäherung geschehen dürfte. Fabian musste grinsen. Immerhin war das genau das Zeichen gewesen, was er sich gewünscht hatte. Er war noch nicht zu spät. Und verdammt, er wollte ohne diese Frau nicht mehr leben. Nicht nach diesem Kuss!

8

„Du hattest so recht, Helen. Alle Männer sind Mistkerle!" Yvonne tupfte einige Tränen mit einem Taschentuch weg. Dann nahm sie sich ein Stück Schokolade und bot auch Helen eines an, die aber ablehnte. Sie saßen gemeinsam auf Yvonnes Bett und Helen versuchte, Yvonne zu trösten. Das stellte sich aber als ziemlich schwierig heraus. Zum einen nahm Yvonne, die selbst in solchen Situationen voller Ratschläge war, keinen einzigen davon für sich an, und zum anderen wanderten Helens Gedanken immer wieder zu dem kleinen See bei der Hütte. Sie wurde einfach nicht schlau aus Fabian. Waren wirklich alle Männer Mistkerle? Die Frage wurde sofort unwichtig, sobald sie sich an diesen Wahnsinns-Kuss erinnerte. Schon wieder war sie mit ihren Gedanken abgedriftet. Yvonne hatte bereits weiter geredet, ohne dass sie ihren Worten gefolgt war. Helen bekam ein schlechtes Gewissen. Sie versuchte, die Reaktion ihres Körpers auf ihre Erinnerung nicht zu beachten und konzentrierte sich auf

Yvonne.

„Der erste Streit war nichts gegen das, was dann folgte!“ Yvonne schnaubte verächtlich.

„Du meinst nicht zufällig den Sex?“, flachste Helen, die die Geschichte schon zum dritten Mal hörte.

Tränen schossen Yvonne in die Augen und sofort ärgerte sich Helen über ihren Witz. Warum musste sie auch nur ständig an Sex denken? Wenn sie Yvonne doch nur von ihrem Erlebnis erzählen könnte. Aber jetzt war wohl kaum der richtige Zeitpunkt dafür. Helen atmete tief ein und rückte noch etwas an Yvonne heran. Tröstend strich sie ihr über den Rücken. Irgendwie musste sie Yvonne aufmuntern.

„Er war fantastisch!“, schwärmte Yvonne, während sie sich die Augen rieb.

„Ich weiß! Ich hab's gehört.“ Helen räusperte sich und äffte dann mit hoher Stimme nach: „Oh ja, Titus, du bist der Beste! Uh, oh!“

„Niemals hab ich mich so angehört!“, entrüstete sich Yvonne und stemmte die Arme in die Hüften.

Helen schmunzelte. „Doch hast du!“, bestimmte sie und pikte Yvonne in die Seite. „Diese Worte haben sich in mein Hirn gebrannt. Und daran bist du selbst schuld. Wäre Fabian nicht da gewesen, hätte ich noch die passenden Bilder dazu mitgeliefert bekommen!“

„'tschuldigung.“ Auch Yvonne musste grinsen,

wurde aber gleich darauf wieder ernst. „Er war wirklich der Beste“, gestand sie kleinlaut, wechselte dann aber schnell das Thema. „Warum ist es nur so kompliziert mit ihm?“

Vielleicht, weil eine einfache Beziehung zu langweilig für dich wäre, überlegte Helen. Sie biss sich aber auf die Zunge, damit sie es nicht laut aussprach. Stattdessen fragte sie: „Aber eigentlich fandst du ihn doch ganz aufregend, oder?“

„Ja, aber nur bis zum Mittagessen!“, antwortete Yvonne zynisch. „Zuerst kam er mit so einem Machogehabe von wegen ‚Schmeckt fast wie bei Muttern. Dafür könnte man dich heiraten‘. Und du weißt, wie mich so etwas auf die Palme bringt!“

Allerdings, das wusste Helen. Männer, die ihre Mutter lobend erwähnten oder Frauen als Köchinnen und Putzfrauen betrachteten, waren für Yvonne rote Tücher. Dass er auch noch gleichzeitig das Heiraten erwähnt hatte, schien es nicht gerade besser zu machen.

„Ich bin vielleicht ein bisschen ausgetickt“, bekannte Yvonne mit gequältem Gesichtsausdruck. „Jedenfalls habe ich ihm erklärt, dass ich keinen Mann brauche, der mich besitzen und benutzen will, und habe verlangt, dass er verschwindet. Und der Blödmann nimmt es wörtlich und fährt ab!“ Sie schnaubte vor Wut.

„War es nicht vielleicht besser so?“, überlegte Helen vorsichtig. „So hattest du Zeit, dich wieder abzuregen."

Yvonne zuckte nur mit den Schultern und überging die Frage einfach. „Er war immerhin richtig süß, als er wiederkam. Hatte Sekt von der Tankstelle besorgt und mir erklärt, wie sehr er mich liebt, dass er nur einen Scherz gemacht hätte, mich nicht verletzen wollte und sich etwas Ernsteres mit mir wünscht. Aber darunter haben wir dann wohl Verschiedenes verstanden." Grimmig aß Yvonne noch ein Stück Schokolade und knüllte dann das Papier zu einem winzigen Ball zusammen.

„Wieso hast du auch plötzlich vom Heiraten angefangen?", fragte Helen, die diesen Punkt des Streits nicht verstand. Sie kannte Yvonne nur als freiheitsliebend und konnte sich überhaupt nicht vorstellen, dass sie als Ehefrau glücklich wäre.

„Vielleicht war's der Sekt." Yvonne nagte gedankenverloren an ihrer Unterlippe. „Jedenfalls hatte ich zum ersten Mal in meinem Leben das Gefühl, dass ich mich an einen Mann binden könnte. Aber ihn habe ich nur gefragt, ob er sich überhaupt *vorstellen* könnte zu heiraten. Und dann der Hammer: Er hat es sich schon mal vorstellen können. Denn er sei bereits verheiratet!" Yvonne schien, um Fassung zu ringen, und brüllte dann plötzlich laut heraus: „Nicht mit mir! Ich werde nicht seine Geliebte sein!"

Helen war so erschrocken über Yvonnes Wutausbruch, dass sie zurückwich und dadurch drohte, vom Bett zu rutschten. Sie suchte nach etwas zum Festhalten, erwischte nur ein Kissen und landete mit einem Plumps auf dem Boden. „Aua!“ Von unten schaute sie hinauf in Yvonnes erstauntes Gesicht, die kurz darauf in lautes Lachen ausbrach.

„Was machst du denn?“, brachte sie zwischen zwei Lachsalven hervor.

Helen rappelte sich auf und rieb sich ihr Gesäß. Sie versuchte Yvonne grimmig anzuschauen, musste allerdings selbst grinsen. „Du hast mich quasi von der Bettkante geschubst!“

„Oh, entschuldige.“ Yvonne zog sie zurück aufs Bett. „Als Mann hätte ich das ganz sicher nicht getan! Schade eigentlich, dass wir auf Männer stehen. Wir gäben sonst bestimmt ein gutes Paar ab!“

„Meinst du nicht, wir würden uns irgendwann nur noch anzicken?“, fragte Helen skeptisch.

„Wahrscheinlich hast du recht.“ Yvonne streckte sich der Länge nach aus. „Wo wir schon bei dem Thema sind: Wie geht es dir mit deinem schwulen Freund? Ich habe fürs Erste genug herumgejammert und du hast doch auch viel gelitten mit deinem Mistkerl, oder?“

Helen dachte an Fabian. Sie spürte förmlich seine Hände auf ihrem Rücken, seine Lippen auf ihrem Hals und sofort rauschte ihr das Blut in den Ohren. Nein, eigentlich konnte man dieses Gefühl nicht als Leid bezeichnen. Sollte sie Yvonne von ihrem Erlebnis erzählen oder würde es sie nur traurig machen, wenn sie hörte, dass sie endlich etwas Glück hatte? Andererseits war Yvonne ihre beste Freundin und wem sonst konnte sie sich anvertrauen? Um Zeit zu gewinnen, legte sich Helen ebenfalls aufs Bett und rutschte eine Weile herum, bis sie eine gemütliche Position fand. Sie hatte selbst bisher keine Ruhe gehabt, um über das Geschehene nachzudenken. So vieles war ungeklärt. Zum Beispiel, warum alle Welt dachte, er sei schwul. Sofort spürte Helen, wie Unsicherheit in ihr Herz einzog. Mit ganzer Kraft wehrte sie sich dagegen. Sie wollte einen Augenblick noch dieses andere Gefühl bewahren, diese pure Leidenschaft, die sie gespürt hatte, und diese Hoffnung, dass sich alles zum Guten wenden wird. Aber es war zu spät. Der Zweifel hatte sich bereits eingenistet.

Helen seufzte. „Wir haben uns geküsst", nuschelte sie leise und wagte es nicht, Yvonne anzuschauen.

„Was?!" Yvonne saß mit einem Schlag wieder senkrecht im Bett. „Wiederhol das!"

„Wir haben uns geküsst!", sagte sie nun deutlicher und griff nach einem Kissen, um ihr Gesicht darin zu verbergen. Sie wollte nicht, dass Yvonne ihr seliges Lächeln sah.

„Du meinst wohl, du hast ihn geküsst!", protestierte Yvonne. „Oh Helen, du bist ein hoffnungsloser Fall! Du hast dich ja total an ihn rangeschmissen. Aber vielleicht war das heilsam für dich und du hast es jetzt endlich begriffen." Yvonne redete in einem fort. „War's schlimm für dich, ich meine seine Reaktion darauf? Was hat er getan? Seid ihr überhaupt noch befreundet?“

Helen wurde zornig. Niemals würde sie sich so an einen Mann schmeißen, egal, wie sehr sie sich nach einem sehnte. Yvonne sollte sie besser kennen. Andererseits konnte sie nachvollziehen, warum Yvonne so dachte. Sie schluckte ihre Wut hinunter und überlegte einen Moment, um die richtigen Worte zu finden. „Eigentlich hat er mich geküsst. Zumindest hat er damit angefangen.“

Yvonne runzelte verständnislos ihre Stirn. „Was ist passiert?“

Knapp schilderte ihr Helen die Geschichte. Die herrlichen Gefühle, die sie allein bei der Erinnerung daran hatte, erwähnte sie nicht. Einerseits aus Rücksicht gegenüber ihrer Freundin, andererseits, weil sie Angst hatte, dass sie sonst wie Seifenblasen unter Yvonnes skeptischen Blicken zerplatzen würden.

„Das ist merkwürdig. Mach dir bloß nicht zu viel Hoffnung!“, ermahnte Yvonne sie. „Trau keinem Mann! Du selbst hast gesagt, dass es alle Idioten sind und ich kann das gerade nur bestätigen.“

Helen konnte sich zwar nicht erinnern, es genauso ausgedrückt zu haben, aber sie wusste, dass sich Yvonne nur Sorgen um sie machte. „Es war so wundervoll und intensiv. Ich glaube nicht, dass Fabian wissentlich meine Gefühle verletzten würde.“

Das schien das Stichwort gewesen zu sein, auf das Yvonne gewartet hatte. „So wird's sein! Er spielt nicht zu *seinem* Vergnügen mit dir. Er hat jedoch erkannt, dass du in ihn verliebt bist, und hat dir zum Gefallen ausprobiert, ob er nicht doch hetero ist. Was hast du vorher gesagt oder getan? Hast du ihm irgendein Zeichen gegeben? Und wie hat er auf dich während des Kusses gewirkt? War es natürlich oder war es eher wie ein Versuch?", bedrängte sie Helen.

Helen gefiel die Richtung nicht, die Yvonne einschlug. Andererseits wusste sie, dass ihr früher oder später dieselben Gedanken kommen würden. Da konnte sie auch gleich mit der kritischen Yvonne darüber reden. Sie dachte nach. „Davor haben wir uns über Zukunftsplanung unterhalten."

„Aha", sagte Yvonne mit Doktorenstimme. „Etwas genauer bitte!"

Helen wurde klar, dass es ein Fehler gewesen war, jetzt Yvonne von ihrem Kuss zu erzählen. Voller Eifer stürzte die sich darauf, nur um sich von ihrem eigenen Kummer abzulenken. Aber nun war es zu spät für einen Rückzieher. Ergeben berichtete sie weiter, was geschehen war.

„Du hast ihm also gesagt, dass du momentan froh bist, keine Beziehung zu haben, sondern Karriere machen willst und ihn als guten Freund betrachtest?", fasste Yvonne zusammen. „Dann ist die Sache zwar anders, als zuerst vermutet, dafür nicht weniger eindeutig“, schlussfolgerte sie.

Helen versuchte, wie ein lebendiges Fragezeichen auszusehen. Denn sie konnte keineswegs Yvonnes Gedanken folgen.

„Na, du hast ihn damit geradewegs zu einem kleinen Abenteuer eingeladen.“

„Was?“, ächzte Helen. „Du spinnst! Das würde ich niemals tun!“

„Hast du aber. Indirekt eben“, erklärte Yvonne selbstsicher. „Als du sagtest, du willst keine Beziehung, sondern Karriere, hast du Sex schließlich nicht ausgeschlossen. Und wer ist dafür besser geeignet, als der gute Freund?“ Sie spekulierte weiter. „Fabian hat daraufhin seine Chance gesehen. Nun konnte er unverbindlich ausprobieren, ob ihm eine Frau gefällt. Womit wir zu meiner letzten Frage kommen. Wie hat er denn auf den Kuss reagiert?“

Helen war fassungslos. „Du hast wirklich nicht mehr alle Tassen im Schrank!“ Yvonne setzte schon wieder an, etwas zu sagen. Helen unterbrach sie. „Schon gut, ich erzähle es.“ Sie wusste, dass Yvonne ihr keine Ruhe lassen würde. Aber es kam ihr vor, als ob sie ein Geheimnis verraten würde, das dadurch seinen Zauber verlor. „Ich sagte bereits, dass er mich geküsst hat. Erst vorsichtig und dann mit Leidenschaft“, antwortete sie kühl.

„Das könnte gespielt gewesen sein!“, behauptete Yvonne.

Helen seufzte. „Vielleicht. Aber ganz sicher nicht das, was ich zwischen seinen Beinen gefühlt habe."

Yvonne blähte ihre Backen auf. „Wow, du bist ja rangegangen!" Sie schob ihre Unterlippe vor und warf Helen einen anerkennenden Blick zu. „Hätte ich nicht von dir gedacht."

Helen spürte, wie sie knallrot anlief. Sie wusste nicht, ob vor Scham oder vor Wut. „Wir hatten uns umarmt und ich habe es an meinem Bein gespürt!", donnerte sie los.

Yvonne ließ sich nicht abschrecken und grübelte laut weiter. „Aber das kann manchmal täuschen. Manche Männer sind so gebaut, dass …"

„Jetzt reicht's!", unterbrach Helen sie schroff und stand vom Bett auf. „Ich will nichts hören von anderen Männern. Du machst mir alles kaputt!" Endlich schien Yvonne aus ihrem Wahn aufzuwachen und sah ehrlich betroffen zu ihr. Helen wetterte weiter. „In deiner jetzigen Situation würdest du wahrscheinlich auch an dem besten Mann zweifeln. Behalt deine Ratschläge und Theorien lieber für dich!" Sie machte Anstalten, aus dem Zimmer zu rennen, hielt aber an der Tür noch kurz inne. „Lös erst mal deine eigenen Probleme, bevor du glaubst, anderen helfen zu können!" Dann stürmte sie hinaus.

Helen knetete gedankenverloren eines ihrer Kissen und schaute den Regentropfen zu, die auf dem

Dachfenster landeten. In ihrem Zimmer lief in voller Lautstärke das neueste Album von Reamonn. Aber auch das lenkte sie nicht von dem Streit mit ihrer Mitbewohnerin ab. Sie wusste, dass Yvonne es nicht böse gemeint hatte, trotzdem war sie sauer. Sie hatte selbst tatsächlich keine Ahnung, wo die Geschichte mit Fabian hinführen sollte. Immerhin war sie sich sicher, dass er sie geküsst hatte und seine Reaktion war ebenso eindeutig gewesen. Können Körper lügen? Helen wollte nicht weiter darüber nachdenken. Sie wünschte sich dieses glückliche Kribbeln zurück und hätte am liebsten den Zwischenfall mit Yvonne vergessen. Doch ihre Wut und auch der nagenden Zweifel machten es ihr schwer, das unbedarfte Gefühl heraufzubeschwören. Helen drückte das Kissen auf ihr Gesicht und versuchte sich zu erinnern, wie Fabian sie an sich gezogen hatte. Haut an Haut, sein Atem auf ihrem Hals. Endlich war das heiße Pochen zurück!

Aber da war noch ein Pochen, das immer lauter wurde. Helen schreckte auf und drehte die Musik leiser. Tatsächlich klopfte es an der Tür, die nun einen spaltbreit aufgeschoben wurde. Sofort kochte die Wut wieder in ihr hoch. „Nicht jetzt! Lass mich allein!“, schnauzte sie Yvonne an, die betreten in Helens Zimmer lugte.

„'tschuldigung! Ich glaube es ist echt wichtig! Jemand vom Schauspielhaus.“ Daraufhin zog sie ihren Kopf zurück und streckte stattdessen den

Telefonhörer hinein.

Einen Moment betrachtete Helen ungläubig den schnurlosen Apparat. Dann kam ihr Gehirn in Gang. Ihre Bewerbungen! Dass die sich so schnell meldeten, war ungewöhnlich. Was wollten die bloß von ihr, zumal an einem Sonntagabend? Sie räusperte sich, bevor sie den Hörer entgegen nahm und sich mit ihrem Namen vorstellte.

Es war ein relativ kurzes Gespräch und Helen brauchte fast nur ja und nein zu sagen. Aber die Folgen daraus waren gravierend, wie sie später feststellen durfte.

Wie in Trance lief sie ins Wohnzimmer, um das Telefon wieder in seine Station zu legen. Sofort stand Yvonne an ihrer Seite. „Alles okay?“, fragte sie vorsichtig.

Helen nickte langsam. „Das wird jetzt 'ne harte Zeit.“ Sie blickte in Yvonnes Gesicht, das gleichzeitig schuldbewusst und besorgt aussah. „Ich habe einen neuen Job! Im Schauspielhaus!“ Sie konnte selbst kaum fassen, was sie da eben sagte.

„Das ist ja fantastisch!“, jubelte Yvonne. „Endlich Helen! Ich wusste, du schaffst es! Sag, ab wann und was für ein Projekt?“

„Ab Morgen. Und erst mal muss ich ein fremdes Projekt zu Ende bringen.“

Yvonnes Augen wurden zu schmalen Schlitzen. „Wieso ab Morgen? Du hast schon einen Vertrag, den du noch erfüllen musst.“

Helen zuckte mit den Schultern. „Ich weiß", wiegelte sie Yvonnes ‚mach keine Dummheiten' Gesichtsausdruck ab. „Das habe ich denen auch erzählt und es ist ihnen egal. Ich kriege den Job nur, wenn ich sofort anfange. Dort ist ein ganzer Teil der Belegschaft krank geworden und nun brauchen sie dringend Ersatz, damit sie die Premieren nicht verschieben müssen. Später bekomme ich mein eigenes Projekt."

„Hört sich super an", sagte Yvonne, blickte aber weiterhin skeptisch. „Und wie willst du das schaffen? Ohne Vertragsbruch kommst du auch aus deinem jetzigen Kleinprojekt nicht heraus."

„Doppelt arbeiten!", antwortete sie übermütig. „Wozu gibt es denn Nächte? Und mein aktueller Job ist in zwei Wochen zu Ende. Nun hat es also doch einen Vorteil, dass es nur ein so unbedeutendes Projekt ist."

„Deshalb meintest du, es wird eine harte Zeit. Na, hoffentlich klappt das." Yvonne schien jetzt ein wenig beruhigter. „Ich werde dir hier jedenfalls so gut es geht den Rücken freihalten, so mit Einkaufen und Wäsche machen."

„Danke dir!" Normalerweise hätte Helen sofort ihre Freundin umarmt. Aber der Streit von vorhin lag ihr noch im Magen. Etwas hilflos standen sie voreinander und Helen überlegte schon, ob sie gehen sollte, um die peinliche Situation zu beenden.

„Entschuldigung", kam es leise über Yvonnes Lippen. „Ehrlich! Ich wollte dich nicht verletzten und du hattest recht. Ich bin wohl durch meine Enttäuschung verblendet und dachte, dass du dir bei deinem auch nicht einfachen Kerl wieder was vormachst. Ich meine, die ganze Stadt denkt, er ist schwul. Außer dir eben. Da war es leichter, der Mehrheit zu glauben." Yvonne lächelte schief. „Aber spätestens, als du mir von seinem Ständer erzählt hast, hätte ich dir glauben müssen! Der kann schließlich nicht lügen!" Sie knuffte Helen in die Seite.

Helen verdrehte die Augen, musste aber gleichzeitig grinsen. „Danke für die Entschuldigung. Habe ich eigentlich mal erwähnt, dass du unmöglich bist!"

„Mehrmals!" Yvonne lachte sie frech an. „Und jetzt erzähl mal in Ruhe. Wie hat er sich angefühlt und wie weit seid ihr gekommen? Ich meine, ist er ..."

„Yvonne!", unterbrach Helen sie empört. „Du weißt bereits genug!"

Spielerisch schmollte Yvonne, bis ihr etwas Neues eingefallen zu sein schien. „Wann willst du Fabian denn wiedersehen? Das wird wohl doppelt schwierig mit deinen zwei Jobs, oder?"

Helen biss die Zähne aufeinander. Daran hatte sie bisher noch gar nicht gedacht.

„Schön, dass du da bist." Grosi Vreni wuschelte

Fabian durch die Haare. „Komm mit in den Garten und erzähl mir, was los ist.“ Sie ging voraus. Auf dem Weg schnappte sie sich einen bereitstehenden Becher, füllte ihn mit dampfendem Kaffee und stellte ihn vor Fabian auf ein schmiedeeisernes Tischchen. Danach setzte sie sich in einen der gepolsterten Stühle und knabberte an einem Keks.

Fabian ließ seinen Blick über den verwilderten Garten schweifen. Der warme Sommerwind wehte den Duft der Rosensträucher herüber, in denen gemütlich die Bienen summten. Hinter ein paar Fliederbüschen konnte er zuerst satte Wiesen und am Horizont die Hügel des Züricher Oberlandes erblicken. Fabian genoss den Ausblick, während er gleichzeitig überlegte, wie er anfangen sollte. Er wusste, dass seine Grosi auf eine Erklärung wartete, aber er wusste auch, dass sie Geduld hatte, und ließ sich Zeit. Die Idylle wäre perfekt gewesen, wenn nicht gerade in diesem Moment ein Motor laut aufgeheult hätte.

„Na endlich!“, kommentierte Vreni das Geräusch. „Hat der Luusbueb herausgefunden, wie es funktioniert.“

Fabian schaute überrascht zu seiner Grosi. Die machte eine Daumen-hoch-Geste zu einem Halbstarken, der zufrieden dreinblickend mit einem Rasenmäher hinter einem Schuppen hervorkam.

„Entschuldige!“, brüllte Vreni über den Lärm hinweg. „Du siehst ja, wie es hier aussieht. Seit mein

Reto gestorben ist, geht's drunter und drüber." Vreni schien einen Moment ihren Gedanken nachzuhängen, bevor sie weitersprach. „Der Bub wird mir zukünftig öfters helfen." Sie gluckste vergnügt. „Hatte doch den Schneid, mich im Jugendzentrum zum Armdrücken herauszufordern. Hat natürlich verloren!" Sie schüttelte amüsiert den Kopf. „Nun zu dir."

Fabian fühlte sich durch ihren Blick regelrecht an den Stuhl gepinnt. Er hoffte nur, dass sie es ihm nicht noch schwerer machen würde. „Helen meldet sich nicht mehr und ich weiß nicht, was das bedeutet", erklärte er. Verlegen schaute er wieder in die Ferne und wartete ab. Aber Vreni reagierte überhaupt nicht. Also drehte er sich nach einer Weile herum und stellte sich ihrem durchdringenden Blick.

Langsam zog sie eine Augenbraue in die Höhe. „Ich nehme an, Helen ist die lockige, *gute* Freundin?" Sie betonte die letzten Worte. „Wo ist das Problem? Bei guten Freunden macht das doch nichts aus, wenn man sich eine Zeit nicht sieht."

Fabian fühlte sich zurückversetzt in seine Kindheit. Wie damals als kleiner Junge ließ seine Grosi ihn zappeln. Wenn er sich nicht so viele Gedanken um Helen machen würde, hätte er jetzt einfach das Thema gewechselt. Aber er brauchte jemanden, mit dem er reden konnte. Er seufzte ergeben. „Es ist mehr!"

„Wie viel mehr? Sag es!“, forderte Vreni ihn heraus.

„Ich bin verliebt“, rief er ihr zu. „Und ja, du hattest recht!“

„Was bist du?“ Gestikulierend deutete Vreni auf den Rasenmäher, um dessentwillen sie ihn angeblich nicht verstanden hatte.

„Ich bin verliebt!“, brüllte Fabian. Just in diesem Moment war der Rasenmäher verstummt.

„Na dir gehen aber die Gefühle durch! Du brauchst doch deshalb nicht gleich zu schreien“, frotzelte Vreni, wurde aber schlagartig wieder ernst. „Genug geärgert. Haben wir das wenigstens geklärt. Ich wollte sichergehen, dass du zu deinen Gefühlen stehst. Ansonsten wäre ein Gespräch sinnlos. Dann erzähl mal der Reihe nach, was passiert ist.“

Knapp berichtete ihr Fabian, was geschehen war.

„Ihr habt euch also geküsst, bevor du ihr erklären konntest, dass du nicht schwul bist und warum du alle Welt anlügst“, fasste Vreni zusammen. „Und nun kannst du sie nicht erreichen, weil sie angeblich jobmäßig gestresst ist, ja?“

Fabian nickte. „Sie hat nur diese SMS geschrieben, dass es ihr sehr leidtut, sie aber momentan überhaupt keine Zeit hat, um sich mit mir zu treffen. Sobald sie wieder Luft hat, will sie sich melden. Das ist bald eine Woche her und dabei hatte sie mir vor einiger Zeit gesagt, dass ihr jetziger Job eigentlich ganz lässig sei."

„Du kennst meine Ansicht, nicht wahr? Solange sie nicht weiß, woran sie ist, kannst du von ihr keine eindeutige Reaktion erwarten. Sag ihr, was du fühlst oder zumindest, dass du nicht schwul bist. Und ja", Vreni hob beschwichtigend die Arme, als Fabian etwas einwenden wollte, „mir ist klar, was du damit riskierst. Junge, ich sag dir, das ist es wert. Sollte Renk es erfahren und dich tatsächlich rausschmeißen, fände sich mit Sicherheit eine andere Lösung."

Das konnte sich Fabian zwar nicht vorstellen, aber das war momentan nebensächlich. „Ich würde es ihr ja sagen. Am Telefon erreiche ich sie nicht. Ich habe schon versucht, sie abzupassen, und stand bis nachts um elf vor ihrem Haus. Aber sie soll ja auch nicht denken, dass ich ihr auflauere." Er stützte das Kinn auf eine Hand. „Warum schottet sie sich ab? Ich war mir so sicher nach dem Kuss. Vielleicht will sie wirklich keine Beziehung, sondern sich auf ihre Karriere konzentrieren. Oder ..."

„So än Seich!", wetterte Vreni los. „Wie kann man sich nur selbst derart ins Unglück stürzen. Wenn du ihr zeigst, was du für sie empfindest und sie in dich verliebt ist, wird sie schnell von dieser blödsinnigen Idee abkommen."

Fabian blieb völlig unbeeindruckt von Vrenis Explosion und überlegte weiter. „Die letzten Male wurde Helen arg von Männern enttäuscht. Wahrscheinlich ist sie einfach total verunsichert. Könnte doch sein, dass sie sich in die Arbeit gestürzt hat, um Zeit zum Nachdenken zu haben.“ Er schaute Vreni erwartungsvoll an.

Die betrachtete ihn durch schmale Augen und schien ebenfalls zu überlegen. „Möglich“, sagte sie endlich, nachdem sie an ihrem Kaffee genippt hatte. „Gerade dann solltest du es ihr sagen!“

„Ich weiß“, unterbrach Fabian sie. „Bei der nächsten Gelegenheit mach ich's. Bis dahin werde ich ihr zeigen, dass ich Geduld habe und für sie da sein werde.“ Entschlossen stellte er seine Kaffeetasse mit einem lauten Klonk auf den Tisch.

9

Das war mit Abstand die anstrengendste Zeit, die sie je durchgemacht hatte, wurde Helen klar. Sie drehte den Duschkopf auf den Massagestrahl und spürte, wie das warme Wasser ihre verspannte Nackenmuskulatur lockerte. Sie hatte bis zwei Uhr mittags geschlafen, um sich von den Strapazen zu erholen. Dennoch fühlte sie sich groggy.

Keine Nacht in den letzten zwei Wochen hatte sie mehr als fünf Stunden Schlaf gefunden. Dafür war das Bühnenbild für ihr Kleinprojekt noch ganz annehmbar geworden. Zum Glück hatte sie gut vorgearbeitet und die Premiere gestern hatte durchaus positive Resonanz bekommen. Somit war dieses Kapitel zumindest abgeschlossen. Sorge bereitete ihr hingegen das Projekt im Schauspielhaus. Mit Schrecken hatte sie zu Anfang entdeckt, wie wenig vorgeplant gewesen und was alles unerledigt geblieben war. Deshalb hatte sie sich die erste Zeit nur mit der Arbeitsvorbereitung beschäftigt. Danach konnte sie endlich Aufgaben an die einzige

Hilfskraft, die ihr zur Seite gestellt worden war, abgeben. Das Bühnenbild musste nächste Woche fertig werden und es gab nach wie vor eine Menge zu tun. Aber daran wollte sie momentan nicht denken. Für heute hatte sie einen freien Tag für sich herausgeschunden. Yvonne hatte beständig auf sie eingeredet, dass sie wenigstens einmal ausschlafen müsste.

Ihr wurde richtig warm ums Herz, als sie an ihre Freundin und Mitbewohnerin dachte. Oft hatte die ihr nachts um zwei, wenn sie total erledigt nach Hause kam, noch eine Suppe aufgewärmt. Damit sie nicht völlig vom Stängel fiele, sagte sie immer. Oder sie hatte ihr Schokoriegel und belegte Brötchen in die Tasche gelegt, weil sie ahnte, dass Helen zu müde war, um sich auf der Arbeit Essen zu organisieren. Ohne Yvonne hätte sie diese Zeit sicherlich nicht überstanden. Und ohne diese wunderbare SMS von Fabian auch nicht.

Helen griff nach der Haarspülung, die sie von Fabian bekommen hatte, und knetete sie in ihre Locken. Bei dem Gedanken an ihr ersten Treffen mit Fabian und seinen Fingerspitzen auf ihrer Kopfhaut begann es, sofort in ihrer Magengegend zu kribbeln. Endlich konnte sie ihn wiedersehen. Es musste heute sein. Wer wusste schon, wie eingespannt sie noch die nächste Zeit sein würde? Sollte sie ihm Bescheid geben? Helen wiederholte im Kopf die SMS von ihm: *Liebe Helen, nimm dir alle Zeit, die du brauchst. Ich freue mich sehr auf unser Wiedersehen! Sehnlichst, Fabian.* Er hatte *sehnlichst* geschrieben. Helen jubelte innerlich. Sogar Yvonne hatte sich mit ihr gefreut, obwohl Helen gespürt hatte, dass sie noch immer skeptisch war. Und natürlich hätte das auch ein schwuler guter Freund schreiben können. Aber das wollte Helen einfach nicht glauben.

Fabian war vermutlich momentan auf der Arbeit. Wenn sie jetzt im Friseursalon anrief, konnte er womöglich gar nicht ans Telefon kommen und eine SMS blieb eventuell bis zum Abend unbeantwortet. Sie entschied sich, ihn zu überraschen. So konnte sie auch besser seine Reaktion genießen, wenn sie plötzlich vor ihm stand. Vielleicht würden sie heute Abend auch noch gemeinsam ausgehen, kam ihr die Idee. Bis sie im Salon war, wäre es bereits sechs Uhr. Da konnte sie dann warten, bis Fabian Feierabend machte. Helen fühlte, wie sie von einem Ohr bis zum anderen grinste. Etwas zittrig griff sie nach dem Duschkopf, spülte ihr Haar aus und stieg aus der Wanne.

„Elisa, schön dich wiederzusehen!" Fabian begrüßte seine ehemalige Schulkameradin im Foyer und gab ihr ein Küsschen rechts und links auf die Wange.

„Mensch, ist das wundervoll, meinen richtigen Namen zu hören. Daran merke ich immer, dass ich wieder zu Hause bin. Die meisten nennen mich sonst nur Liz. Das ist so praktisch knapp und lässt sich leicht über den ganzen Drehort brüllen." Elisa lachte Fabian an. „Du siehst gut aus!" Sie wich einen Schritt zurück und musterte ihn anerkennend. „Machst wohl mehr Sport als früher!" Prüfend befühlte sie seinen Bauch. „Toller Sixpack!", gurrte sie aufreizend.

„Das Kompliment kann ich nur zurückgeben! Also, ich meine natürlich nicht den Sixpack.", berichtigte sich Fabian. „Dir scheint das Leben im Showbiz zu bekommen!" Er grinste die hübsche Blondine verlegen an, bis ihm wieder klar wurde, wo er eigentlich war. Nervös schaute er sich um und schob behutsam Elisas Hand zur Seite. Es kam ja öfters vor, dass Frauen mit ihm flirteten, aber so draufgängerisch wie Elisa waren die wenigsten. Andererseits kannte er sie noch gut genug von früher, um zu wissen, dass das Flirten für sie nur ein heißes Spiel war. Aber was würden Renk und die anderen Angestellten sagen, wenn sie ihn so sähen. „Komm, lass uns an meinen Platz gehen. Da können wir uns unterhalten." Er führte Elisa an den japanischen Paravents vorbei.

Helen betrachtete im Vorbeigehen ihr Spiegelbild in einem der Schaufenster. Der schwingende Zipfelrock in knallrot war der absolute Hingucker und auch ihre Frisur war gelungen. Immerhin hatte sie dafür auch eine knappe Stunde im Bad verbracht.

Ihre Locken flossen seidig über ihre Schultern und wurden von den Seiten her mit einem romantisch geflochtenen Zopf aus dem Gesicht gehalten. Perfekt machten ihr Outfit die roten Sandaletten, die sie sich von Yvonne stibitzt hatte. Helen gab auf jede Bordsteinkante oder Unebenheit im Boden acht. Sicher waren die Schuhe von Joop, Chanel oder sonst irgendeinem berühmten Designer und sie wollte sie auf keinen Fall ruinieren. Yvonne war wirklich großzügig, wenn es um das Ausleihen von Kleidung oder Accessoires ging. Aber ein weiteres Desaster, wie das mit der Sonnenbrille, würde ihre Meinung wahrscheinlich ändern.

Vor dem Eingang zum Coiffeur Renk blieb Helen stehen. Am Tresen erkannte sie wieder die arrogante Empfangsdame vom letzten Mal. Was, wenn sie wiedererkannt wurde? Besser, sie stellte sich wieder mit Yvonnes Namen vor, wenn sie gefragt würde. Energisch schob sie die Eingangstür auf. „Hallo, ich würde gerne mit Fabian Kehrbusch sprechen." Helen hoffte, dass man ihr die Nervosität nicht anmerkte.

„Sie haben keinen Termin?" Die Angestellte blickt nicht einmal auf. „Herr Kehrbusch kümmert sich momentan um eine Kundin." Als sie sich herabließ, Helen zu mustern, schien sie mit dem Ergebnis zufrieden zu sein, und lächelte höflich. „Soll ich Sie für die nächsten Tage vormerken? Wie war ihr Name?"

„Yvonne Petterfy. Äh, aber bitte nicht vormerken“, stammelte Helen. Wieso hatte sie nicht vorher daran gedacht, dass Fabian beschäftigt sein würde, und sich etwas zurecht gelegt?! „Es ist dringend, weil ...“, ihr Gehirn ratterte, aber es wollte ihr nichts Gescheites einfallen, „weil es dringend ist!“ Sie bemerkte, wie das Lächeln der Empfangsdame eisig wurde. „Ich möchte lieber warten“, beeilte sie sich zu sagen, bevor sie noch hinausgeworfen werden konnte.

„Es kann aber eine Weile dauern“, warnte die Frau und zog provokant eine Augenbraue in die Höhe. Helen nickte nur. „Dann nehmen Sie doch bitte hier vorne Platz, ich werde Herrn Kehrbusch sobald es geht Bescheid geben“, flötete sie und winkte Helen zu den Warteplätzen unter den Grünpflanzen.

Helen setzte sich wieder auf einen der Rattansessel. Sie wagte es nicht, nach einer der Zeitschriften zu greifen und schloss daher die Augen, um dem Vogelgezwitscher aus dem Lautsprecher zu lauschen. Sie ertappte sich jedoch dabei, wie sie alle paar Sekunden nervös zu der Empfangsdame schielte, in der Hoffnung, sie würde endlich zu Fabian gehen. Die rührte sich allerdings nicht. Helen spürte, wie sich zu ihrer Aufregung Ärger mischte. Wie konnte jemand so überheblich sein und wie hielt Fabian das hier nur aus?

Sehnlichst, erinnerte sie sich. Fabian wollte sie

sehen und diese blöde Kuh da vorne verhinderte es! Sie würde jetzt einfach selber hinübergehen und nur ganz kurz Hallo sagen. Dann wusste Fabian wenigstens, dass sie auf ihn wartete und ihre Überraschung wäre trotzdem geglückt. Sie hoffte, seinen Arbeitsplatz wiederzufinden. Aber erst einmal galt es in den Hauptteil des Friseursalons zu gelangen, ohne dabei gesehen zu werden. Garantiert würde sonst die reizende Frau vom Tresen einen Riesenaufstand machen und darauf konnte Helen gerne verzichten.

Es gab eine Lücke bei den Grünpflanzen zur Wand hin, durch die sie sich zwängen konnte. Wenn sie sich beeilte, würde sie niemand bemerken. Dahinter fingen bereits die japanischen Wandschirme an und wenn sie um den ersten herum war, konnte man sie vom Eingang aus nicht mehr sehen. Helen stand langsam auf, immer ein Auge Richtung Eingang. Mit einem lauten Tock stieß sie gegen das kleine Tischchen vor ihr. Geistesgegenwärtig drückte sie sofort die Hände auf den Zeitungsstapel und verhinderte somit einen Schlamassel durch herunterrutschende Illustrierte. Besorgt blickte sie auf. Die Empfangsdame schaute nicht einmal herüber. Kurz rieb sich Helen das schmerzende Knie, bevor sie sich daran machte, die Blätter der Topfpflanze auseinanderzubiegen. Sie brauchte ziemlich viel Kraft für das widerspenstige Gewächs, aber schließlich gelang es ihr, sich dazwischenzuschieben. Im Stillen sprach sie ein Stoßgebet, dass sie niemand so sehen möge. Dann war sie hindurch und atmete auf.

Damit ihre Absätze nicht klapperten, ging Helen auf Zehenspitzen am ersten Paravent entlang. Heute schien nicht viel los zu sein, so ruhig, wie es war. Sie konnte sogar ein einzelnes Frauengegacker hören. War das bei Fabian, hatte sie eben seine Stimme gehört? Gerade als sie dabei war, sich weiter voranzutasten, ertönte die Türglocke und sie sah, wie die Empfangsdame aufsprang.

„Richard, du bist schon zurück. Wie wundervoll! Soll ich dir einen Tee machen oder vielleicht lieber ein Schlückchen Sekt?", ihre Stimme überschlug sich förmlich, während Helen der Atem stockte, als sie Richard Renk sah. Lässig lehnte er sich an den Tresen und schielte auf den Ausschnitt seiner Angestellten. Schnell drückte sich Helen weiter um die Ecke. Damit war sie aus dem Blickfeld, konnte aber noch deutlich den Bass von Renk hören.

„Nicht jetzt, Sophia, danke. Sag mir lieber, ob wir heute ansprechende Kundinnen da haben. Ich hatte einen miesen Tag und brauche dringend etwas Hübsches um mich herum."

Helen kräuselte abfällig die Nase. Immerhin klang er ehrlich erschöpft.

„Fabian hat ein junges Ding bei sich, Elisa Möckli, internationale Schauspielerin. Die könnte dir gefallen!", säuselte Sophia nun.

„Dann mal los!“ Sie hörte, wie er sich in Bewegung setzte.

Helen zuckte zusammen. Er wollte zu Fabian. Wo sollte sie dann hin? Gleich würde Renk sie entdecken. Helen rannte so leise wie möglich weiter in den Salon hinein, steckte ihren Kopf hinter den nächsten Paravent und sah, dass der Arbeitsplatz glücklicherweise nicht benutzt wurde. Erleichtert schlüpfte sie dahinter und hörte kaum eine Sekunde später Richard Renk an ihr vorbeigehen.

„Ich habe dich letztens im Fernsehen gesehen“, versuchte Fabian, den Small Talk wieder in Gang zu bringen, nachdem sie die Details des Haarschnitts geklärt hatten.

„Das war bestimmt ‚Froot Loop‘. Ein grottenschlechter Film. Aber es wird in nächster Zeit besser. Was macht deine Karriere?“, fragte Elisa und legte ihren Kopf ins Waschbecken.

„Die läuft bestens. In gut zwei Monaten wirst du mich am anderen Ende der Innenstadt antreffen. Mein Chef wird mich als Geschäftsführer für seine Zweigstelle einsetzten. Gestern hatte ich das Gespräch mit ihm.“ Fabian dachte zufrieden daran zurück. Renk wollte demnächst den Vertrag aufsetzen lassen, den Fabian unterschreiben sollte, sobald er den letzten Teil seiner Meisterprüfung abgeschlossen hatte. Endlich! Er war stolz auf sich. Es war zwar nicht ganz sein eigener Salon, aber er hätte dort viel Freiheit und sein Chef würde ihn hoffentlich in Ruhe lassen. Fabian wäre in Hinblick auf Frauen und Beruf keine Konkurrenz mehr für ihn. Denn die großen Stars blieben natürlich bei Renk, während Fabian B-Promis und vermögende Leute bedienen durfte.

„Das freut mich für dich! Und wie läuft es mit den Mädels?“, erkundigte sie sich nun keck.

Fabian schüttelte leicht den Kopf und horchte plötzlich auf.

„Keine Mädels?“, hakte Elisa nach. Fabian ignorierte die Frage. Das war die Stimme von Richard. Sofort verspannten sich seine Nackenmuskeln. Wenn er jetzt schon zurück war, konnte das nichts Gutes bedeuten. Er musste den Friseurwettbewerb in London früher abgebrochen haben. Fabian wusste, dass nur ein falsches Wort genügen würde, um Richard zum Explodieren zu bringen.

„Nicht so bescheiden, Fabian. Die rennen dir doch bestimmt die Bude ein. Bei deinem Charme!“

Fabian hörte Schritte. Das war ein ganz schlechtes Thema, sollte Richard hereinkommen. Heute war wenig los und garantiert wollte sein Chef seine Machoseele mit einem hemmungslosen Flirt erfreuen. Elisa war da genau die Richtige. Also konnte er jeden Augenblick auftauchen. „Erzähl mal, wen du so am Set kennengelernt hast“, versucht er, das Thema zu wechseln.

„Nicht ablenken!“, tadelte Elisa spielerisch. „Wie

vielen Frauen hast du in den letzten Jahren das Herz gebrochen?"

Die Schritte draußen verlangsamten sich und stoppten dann. Mit Sicherheit verstand Renk nun jedes Wort. Fabian spürte, wie seine Hände schwitzig wurden. „Äh, keiner. Jedenfalls nicht wissentlich." Das war wenigstens nicht ganz gelogen. „Dir liegen die Männer doch bestimmt zu Füßen. Was macht denn dein Liebesleben?", fragte Fabian rasch, in der Hoffnung, so Elisa vom weiteren Aushorchen abzuhalten.

„Das glaube ich dir nicht!", überging sie Fabians Frage einfach. „Was hast du mir damals den Kopf verdreht und an deinen Kuss erinnere ich mich noch heute lebhaft!", berichtete Elisa lachend. „Nur schade, dass ich nach der Schule gleich ins Ausland gegangen bin. Sonst wärst du mir nicht so davongekommen!"

Fabian spürte, wie sich sein Magen zusammenzog. Er musste jetzt deutlicher werden. Anderenfalls hätte er es sich mit Renk verscherzt und er würde ihn schon aus Prinzip feuern. „Du meinst, wenn ich zu haben gewesen wäre?" Fabian versuchte zu lachen. Es klang eher wie ein Husten. Elisa schaute irritiert auf. „Elisa, ähm", druckste er herum, „ich habe die letzten Jahre nichts mit Frauen gehabt." Er machte eine bedeutungsvolle Pause. „Ich meine, sie interessieren mich nicht *so*. Außer beruflich natürlich!", erklärte er. Das traf zumindest auf die Zeit zu, bevor er Helen kennengelernt hatte. Er konnte sehen, wie bei Elisa der Groschen fiel und sie ungläubig den Mund aufsperrte. „Du bist schwul?“

„Tja!“ Fabian zuckte entschuldigend mit den Schultern und dachte an die Frau, die sein Leben so durcheinandergebracht hatte. Nein, er war absolut nicht schwul und am liebsten hätte er es laut herausgeschrien. Das Lügen und dieses ewige Bangen wegen Renk waren ihm zuwider. Aber das musste er nur noch eine Weile erdulden, versuchte er sich selbst zu beschwichtigen. Sollte Renk später erfahren, dass er hetero war, konnte er ihn als Geschäftsführer nicht so einfach an die Luft setzten. Falls er es doch täte, hätte er bis dahin genug Geld verdient, um sich auf eigene Beine zu stellen.

„Meine Welt bricht zusammen!“, stöhnte Elisa theatralisch und hob ihre Hand an die Stirn. Sie unterbrach ihr Schauspiel sofort und fragte diesmal ehrlich bestürzt: „Oder war unser Kuss vielleicht so abschreckend, dass du ...“

„Nein, nein“, beruhigte Fabian sie. „Es war nur, wie soll ich sagen, eben nicht das Richtige.“ Er hasste sich für diese Worte. Der Kuss war damals das i-Tüpfelchen seines Schulabschlusses gewesen. Auf der Matura-Feier hatte er seinen ganzen Mut zusammengenommen und mit Elisa geflirtet. Aus heutiger Sicht erschien ihm die frühere Zeit viel unkomplizierter.

„So verliert die Damenwelt einen weiteren heißen Kerl." Elisa seufzte. „Aber sag, hast du es denn wenigstens mal mit einer Frau versucht? Vielleicht muss man dich ja nur etwas überzeugen." Sie klimperte kokett mit ihren Wimpern.

Fabian musste lachen. „Sicher! Aber für dich gibt es gewiss noch andere Fische im Meer, die du dir angeln kannst." Nun hatte er es endlich überstanden. Renk hatte von ihm das perfekte Stichwort für seinen Auftritt geliefert bekommen. Schon war hinter ihm ein Räuspern zu hören.

Helen saß auf dem Frisierstuhl und starrte auf die gegenüberliegende Papierwand. Sie war nur ein Versuch, ein Experiment, mehr nicht. Ihr wurde schlecht und sie hielt sich an den Armlehnen fest. Richard Renk verkündete munter, wie großartig Fabian doch sei, und widmete dann seine ganze Aufmerksamkeit der Kundin. Die redete allerdings weiterhin davon, dass es ein Trauerspiel wäre, dass Fabian schwul sei.

Helen wollte nur weg. Sie stemmte sich hoch, aber ihr wurde schwarz vor Augen, und sie ließ sich wieder zurückfallen. Beim zweiten Mal glückte es und mit wackeligen Beinen schlich sie hinaus. Ihr war es egal, ob besagte Sophia sah, woher sie kam. Schritt für Schritt steuerte sie die Außentür an.

„Nanu, Sie sind ja auch noch da. Ich habe Sie glatt vergessen. Entschuldigen Sie!" Sophia war aufgesprungen und eilte zuvorkommend an Helens Seite. „Ich werde Herrn Kehrbusch umgehend Bescheid geben, dass Sie hier warten."

So eine Schlange, dachte Helen. Kaum war der Chef da, machte sie einen auf freundlich. „Danke, bemühen Sie sich nicht", sagte sie kalt und winkte mit einer Hand, wie um eine lästige Fliege fortzuscheuchen.

Sophia ließ sich nicht verscheuchen, sondern stellte sich ihr geradewegs in den Weg. „Sie sehen ganz blass aus. So kann ich Sie nicht gehen lassen. Kommen Sie hierüber!" Sie griff nach Helens Arm und zog sie mit sanfter Gewalt zurück in den Salon.

„Schönen guten Tag, junge Frau!", dröhnte der Bass von Renk durch den Raum. Augenblicklich verstand Helen die Aufdringlichkeit von Sophia. Sie versuchte, sich zu befreien, aber da stand Renk bereits vor ihr und hatte ihre Hand ergriffen.

„Sagen Sie es nicht, Sie sind ..." Er grübelte, während er mit seinem rauen Daumen über ihre Fingerknöchel fuhr. „Natürlich, Helen Kreuzer!"

Sophia lächelte irritiert und eilte davon.

„Jemanden wie Sie könnte ich nicht vergessen", brummte Renk nun. Er bedachte sie mit heißen Blicken, bevor er ihr einen Kuss auf die Hand hauchte.

Sie beachtete Renk kaum, denn sie sah, wie Fabian vorsichtig um die Ecke schaute. Helen hatte das Gefühl, gleich den Boden unter den Füßen zu verlieren. War das Entsetzen, was sie in seinem

Gesicht las? Ihre Beine gaben nach. Richard Renk stützte sie geistesgegenwärtig. „Kein Grund, weiche Knie zu bekommen“, schäkerte er, fasste sie fest um die Taille und führte sie in einen Nebenraum mit Sitzecke.

Sophia kam mit zwei Sektgläsern herein. „So, damit bringen wir Ihren Kreislauf wieder in den Schwung“, trällerte sie munter und drückte ein Glas in Helens und das andere in Richards Hand. Der setzte sich neben sie und strich ihr sanft über den Rücken. „Lass uns anstoßen. Nach einem Gläschen wird's dir besser gehen.“

Er war zum Du übergegangen. Helen war das gleichgültig. Sie dachte nur an den Blick von Fabian. Erst das Klirren der Gläser, als Renk sie aneinanderstieß, erinnerte sie an den hilfsbereiten Mann an ihrer Seite. Sie blickte in zwei graugrüne, besorgt dreinschauende Augen. Er lächelte ihr zu, was lauter Lachfältchen zum Vorschein brachte. Helen nahm einen Schluck und gleich noch einen zweiten. Sie spürte, dass Fabian den Raum betreten hatte. Es war, als ob die Luft greifbar geworden wäre, dick und zäh. Ihr fiel das Atmen schwer.

„Helen, wie geht es dir?“ Fabian hockte sich vor sie und nahm ihre freie Hand in die seine. Sofort rotierte Helens Magen. Der Sekt machte es nicht besser. Die Welt schwankte erneut vor ihren Augen.

„Super“, presste sie hervor, „ich bin nur etwas überarbeitet.“

„Fabian, ich denke, deine Kundin wartet!“, schnitt eisig die Stimme von Renk dazwischen. Helen entdeckte, dass er missbilligend auf ihre verschlungene Hände schaute. Auch Fabian schien es bemerkt zu haben, denn seine Hand zuckte unter dem Blick, blieb aber unverändert liegen. „Wir lassen gerade eine Welle einwirken“, entgegnete er knapp in Richtung von Renk. „Helen, es ist wundervoll, dich wiederzusehen!“ Er machte eine kleine Pause. „Aber du siehst wirklich nicht gut aus. Soll ich dir ein Taxi rufen? Brauchst du etwas?“

„Pass auf, dass die Locken ja richtig werden. Unser Ruf steht auf dem Spiel! Überprüf sie!“, zischte Renk verärgert. Er winkte Sophia ran. „Mach zwei weitere Sektgläser für Fabian und seine *reizende* Kundin fertig.“ Der Sarkasmus war nicht zu überhören.

Fabian ignorierte seinen Chef und schaute fragend zu Helen, die nur den Kopf schüttelte. „Ist dein Arbeitsstress jetzt wenigstens vorbei?“

„Ich muss noch die eine Premiere überstehen“, erklärte Helen, nun wieder etwas gefasster. Sie spürte, wie Renk neben ihr zu kochen begann. Helen war sich so sehr Fabians Berührung bewusst, dass es fast schmerzte. Sie musste sich davon verabschieden, entschied sie. Langsam zog sie ihre Hand zurück. Fabians Gesichtsausdruck blieb ihr rätselhaft. War das Erleichterung? Wahrscheinlich, dachte sie, und wurde noch trauriger.

„Da kommt der Sekt. Mit Gruß des Hauses bitte weiterreichen!", befahl Renk, nahm die Sektgläser von Sophia entgegen und hielt sie Fabian vor die Nase.

„Ich ruf dich nachher an", raunte Fabian ihr zu, bevor er aufstand und hinausging.

„Hast du das gehört, Sophia!", ereiferte sich Renk sogleich. „Sagt der doch, dass unsere Helen nicht gut aussähe. So etwas kann auch nur jemand vom anderen Ufer behaupten, nicht wahr?" An Helen gewandt erklärte er dann: „Du siehst hinreißend aus! Dieser rote Rock lässt deine Beine wundervoll zur Geltung kommen! Darauf stoß nochmals mit mir an." Wieder winkte er nach Sophia, die sofort Sekt nachschenkte.

Helen war viel zu verwirrt, um abzulehnen. Das Kompliment von Renk hätte sie gerne von Fabian bekommen oder zumindest eine entsprechende Reaktion gesehen. Aber nun wusste sie ja sicher, woran das lag. Gedankenverloren prostete sie ihrem Nachbarn zu.

Der Sekt und seine Worte lullten sie ein und sie spürte, wie ausgebrannt und müde sie eigentlich war. Sie sackte immer tiefer in das Sofa, während Renk einen Arm um sie legte und an sich zog. Für eine Weile genoss sie das Gefühl der Geborgenheit. Plötzlich wurde ihr bewusst, dass Renk auf eine Antwort wartete. „Wie bitte?", erkundigte sie sich.

„Ich fragte, ob wir nach deiner Premiere gemeinsam etwas essen gehen sollen? Was meinst du?“ Er streichelte ihr über die Wange. „Es sei denn, du bist natürlich schon anderweitig vergeben“, erkundigte er sich und rückte für eine Sekunde von ihr ab.

„Nein, das bin ich nicht.“ Und werde es wahrscheinlich auch nie sein, dachte Helen düster. Alle Männer in ihrem Leben hatten sich bisher als Katastrophen entpuppt. Aber was Renk ihr sagte, tat gut. Sie lächelte. „Essen gehen wäre schön!“

10

„Hallo meine Arbeitswütige!“, rief Yvonne zur Begrüßung in die Wohnung. Sie musterte Helen kritisch. „Mit ein bisschen Fantasie sind deine Augenringe weniger geworden. Erzähl, was hast du mit deinem freien Tag gemacht? Übrigens habe ich uns was vom Asiaten mitgebracht.“ Yvonne packte mehrere kleine Boxen aus ihrer Tasche aus und stellte sie auf den Küchentisch. Plötzlich entdeckte sie die Vase mit der prächtigen Rose. „Wow, ist die schön! Hast du dich etwa mit Fabian getroffen? Was machst du dann noch hier? Warum inspiziert ihr nicht die Betten? Oder habt ihr vielleicht schon?“

Helen brachte ein müdes Lächeln zustande. Yvonne war die neugierigste und direkteste Person, die sie kannte. „Die ist nicht von Fabian. Und ja, ich habe ihn kurz gesehen“, erklärte sie nüchtern.

Yvonne unterbrach ihren Versuch, Schüsseln aus dem Schrank zu holen. „Nicht von Fabian?“ Sie runzelte die Stirn. „Hast du sie dir selber gekauft?“

Man hörte ihr die Enttäuschung an.

„Nein, sie ist von Richard." Helen ließ sich auf einen Stuhl plumpsen, während Yvonne die Schachteln öffnete und den Inhalt verteilte.

„Was ist passiert?", Yvonne klang alarmiert. „Du bist so merkwürdig!"

„Ich bin müde. Aber bevor du mir Löcher in den Bauch fragst, erzähle ich dir was von meinem Tag. Danach gehe ich ins Bett, ja?"

„*Okay*." Yvonne schaute sie skeptisch an. „Schieß los!"

Helen berichtete von ihrem ungewollten Lauschangriff, Fabians Reaktion auf ihr Wiedersehen und Richards Zuneigung. Zum Abschied hatte er ihr die Baccara-Rose geschenkt, die Sophia kurz vorher besorgt haben musste, und um ein baldiges Treffen gebeten.

„Und du magst diesen Richard Renk?", fragte Yvonne verstört.

Helen zuckte nur mit den Schultern. „Er hat sich liebevoll um mich gekümmert und seine Komplimente sind Balsam für meine Seele. Ich sollte wahrscheinlich anfangen zu nehmen, was kommt. Das hattest du mir doch schon öfters geraten, oder?"

„Kann schon sein", gab Yvonne zögernd zu. „Und was ist mit Fabian?"

„Wen? Kenne ich nicht." Helen konzentrierte sich auf ihre Bihunsuppe.

„So kalt habe ich dich noch nie erlebt." Yvonne

schien sichtlich erschrocken. „Du wolltest ihn doch als guten Freund behalten, wenn es nicht mehr mit euch wird. Was ist damit?“

„Nicht nach dem Kuss“, antwortete sie kraftlos und ließ den Löffel sinken. „Ich gehe jetzt ins Bett. Morgen muss ich wieder früh raus.“ Ohne sich nochmals umzusehen, verließ Helen die Küche.

„Warum erreiche ich sie nicht? Sie wusste, dass ich sie anrufen wollte! Ihr Handy ist aus und auf dem Festnetz meldet sich nur ihre Freundin und erzählt, dass Helen beim Arbeiten sei.“ Verzweifelt sah er zu seiner Grosi.

Die zuckte mit den Achseln und öffnete für sich und Fabian zwei Bierflaschen. „Wir hatten das Thema bereits, du erinnerst dich?“

„Ich hasse ihn!“, ereiferte er sich unvermittelt. Bei dem Gedanken an seinen Chef wurde ihm übel. „Er hat sie behandelt, wie ein Sexobjekt. Dabei sah sie so elend aus. Ich hätte sie in den Arm nehmen sollen!“ Fabian packte seine Flasche und würgte sie gedankenverloren. „Wenn doch nur nicht diese Szene vorher gewesen wäre! Renk war schon wegen dieses Wettbewerbs ganz garstig und dann musste Elisa auch noch von unserem damaligen Kuss erzählen. Zur Krönung hat sie die Schmeicheleien von Renk völlig ignoriert. Da war der vielleicht geladen! Wäre Helen doch bloß früher aufgetaucht“, sagte er leise zu sich, brauste aber gleich wieder auf. „Ich hätte eine Katastrophe heraufbeschworen, wenn ich sie umarmt hätte.“

„Na und? Es hätte dich nicht umgebracht!“, erwiderte Vreni hartherzig.

Fabian wurde stutzig. „Grosi, versteh bitte. Ich hätte ihr noch am selben Abend alles erklärt!“

„Zu spät!“ Vreni klatschte mit einer Hand auf Fabians Oberschenkel, wie um ihn aufzuwecken. „Ich predige seit Wochen, wie wichtig die Liebe ist, aber du scheinst es nicht begreifen zu wollen. Jetzt kommst du her und jammerst, unternimmst jedoch nichts. Ich höre die ganze Zeit nur ‚hätte, wäre, könnte‘. Mein Verständnis ist aufgebraucht. Vielleicht ihres ja auch?“, mutmaßte sie. „Für Herzensangelegenheiten muss man etwas riskieren! Räum endlich dein Leben auf und dann kämpfe um deine Helen!“ Vreni ballte ihre Faust und hielt sie Fabian unter die Nase.

Fabian lächelte schwach. Seine Grosi war so unglaublich resolut. „Ich glaube nicht, dass hier ein Faustkampf helfen würde.“ Er schob ihre Hand zur Seite. „Sag mir lieber, warum sich Helen zurückzieht?“

Ergeben seufzte Vreni. „Keine Ahnung. Schon mal daran gedacht, dass sie annimmt, du seist schwul? Wenn du Glück hast, ist sie wirklich gerade nur gestresst. Jedenfalls kannst du ihr nur zeigen, was sie dir bedeutet, wenn du zu ihr gehst!“ Vreni trank einen Schluck aus ihrer Flasche.

„Wie denn, wenn ich sie nicht erreiche? Soll ich ihr auflauern?“, herrschte Fabian sie an.

Verständnislos schüttelte Vreni den Kopf. „Reden hilft hier nichts mehr, Fabian!“ Sie sprach ruhig aber bestimmt. „Wenn du deine große Liebe nicht verlieren willst, musst du handeln. Und glaube ja nicht, dass ich dir sage wie!“, warnte sie. „Das ist jetzt ganz allein deine Sache!“

Fabian ging noch eine Runde um seinen Häuserblock. Seit er von seiner Grosi zurück war, rotierte sein Hirn und er wollte erst seine Wohnung betreten, nachdem er seine Gedanken sortiert hatte. In seinem dunklen Loch würde er das nicht schaffen, ohne die Wände einzureißen!

Er war wegen seiner Grosi zerknirscht und auf seinen Chef hatte er eine Stinkwut. Aber eigentlich wusste er, dass er sich selbst die Schuld an allem zuschreiben musste. Längst hätte er mit Helen reden sollen. Es war kein Wunder, dass sie sich zurückzog, bei den Männerkatastrophen, die sie erlebt hatte. Er war da nicht besser. Schließlich erschien er für sie unerreichbar. Wenn sie nur wüsste, dass das genaue Gegenteil der Fall war! Nein, so stimmte das auch nicht, erkannte er. Solange er bei Renk angestellt war, würde er nie mit Helen in der Öffentlichkeit ein Paar sein dürfen. Sobald er den anderen Salon führte, wäre es vielleicht möglich. Nur waren es bis dahin noch zwei Monate. Hätte er dann noch eine Chance bei Helen?

Er musste handeln, und zwar jetzt. Fabian schaute auf die Uhr. Es war weit nach Mitternacht. In dem Fall erst morgen, beschloss er. Und was sollte er tun? Er konnte sie nicht erreichen. Natürlich hätte er ihr irgendwo nachstellen können, aber das kam nicht infrage. Er wollte sie nicht verängstigen oder unter Druck setzen. Also ein Brief. In Gedanken formulierte er den Anfang und verwarf ihn sofort wieder. Das Einzige, was er ganz sicher schreiben würde, wäre ‚ich bin nicht schwul'. ‚Sehr romantisch!', dachte er verächtlich.

Er war kein Held von poetischen Worten, aber auf einen Versuch kam es an. Nur solange er keinen vorzeigbaren Brief hatte, wollte er ihr andere Zeichen geben. Fabian grübelte weiter.

In der Nacht war Fabian mehrfach aus seinem Bett gekrochen und hatte versucht, einige Zeilen aufs Papier zu bringen. Am Morgen las er, was er nachts noch für genial gehalten hatte und warf die Zettel in den Müll.

Bei der Arbeit konnte er sich kaum konzentrieren. Beinahe hätte er sogar die Haarfarbe einer Popsängerin verhunzt. In der Mittagspause verließ er den Salon und schaute sich am nächsten Blumenladen um. Die Wahl fiel ihm nicht schwer. Es gab viele verschiedene Sorten von Rosen, aber nur eine war absolut umwerfend. Es seien Baccara-Rosen erklärte die Verkäuferin die Blütenpracht. Er wählte eine

Einzelne und kaufte noch ein Kärtchen dazu.

„Schau mal, was ich habe!“ Yvonne stürmte direkt nach ihrem Anklopfen in Helens Zimmer.

Müde raffte Helen sich von ihrem Bett hoch. Sie war gerade am Einschlafen gewesen, nachdem sie stundenlang versucht hatte, die Bilder von ihrem letzten Treffen mit Fabian aus ihrem Kopf zu verdrängen. „Du bist eine Nervensäge!“, nörgelte sie.

„Ich weiß!“ Yvonne gluckste. „Aber das hier ist es wert!“ Sie sprang zu ihr aufs Bett und zauberte hinter ihrem Rücken eine Rose hervor. „Von einem Verehrer!“, flüsterte sie geheimnistuerisch. „Ich wollte gerade den Müll hinunterbringen, da entdeckte ich dieses hübsche Exemplar vor unserer Tür!“

Helen betrachtete die Blume eine Weile. „Hübsch, ehrlich. Und jetzt lass mich schlafen.“ Sie ließ sich zurückfallen und zog die Bettdecke über den Kopf.

„Das kann doch nicht wahr sein! Mir hat noch nie jemand eine Rose vor die Tür gelegt. Ich würde mich garantiert darüber freuen!“ Sie suchte nach einem Fuß unter der Decke und versuchte ihn zu kitzeln.

Helen zog die Beine an. „Toll, dann freu dich!“, nuschelte sie in ihr Kissen.

„Du bist so was von begriffsstutzig!“ Yvonne zog mit einem Ruck die Decke weg und legte ihr die Rose vor die Nase. „Lies! Ich weiß schon, was drinsteht, aber dich sollte das interessieren, nicht mich!" Trotzig blieb Helen still liegen. Yvonne klappte daraufhin sichtlich genervt die Karte auf.

„Oh!" Mehr brachte Helen nicht hervor. Entschuldigend lächelte sie zu Yvonne und setzte sich auf. Es stand nichts weiter in der Karte, als *Für Helen*. Es war eine schöne Schrift. Mit dem Finger zog sie die Buchstaben nach und Herz warm werden. Wer hatte ihr die Rose geschenkt?

Yvonne ging aus dem Zimmer und kam kurz darauf mit der Vase aus der Küche zurück. „Schau, da passt sie noch rein."

Helen entfernte das Kärtchen und steckte die Rose zu der anderen ins Wasser. „Die passen wirklich gut zusammen!" Die Rosen glichen sich exakt in Farbe und Größe. Helen fühlte an den Blättern, die unglaublich samtig waren und in einem satten Weinrot leuchten.

„Wer ist der Verehrer? Was meinst du?" Yvonne hatte sich neben sie gesetzt. „Kann es Fabian sein?"

Helen schoss ihr einen bösen Blick zu. „Der sollte es nicht wagen, sich zu melden! Hast du ihm nicht am Telefon erklärt, dass er mich zufriedenlassen soll?"

„Nicht mit genau den Worten", gestand Yvonne und redete schnell weiter. „Aber heute, denke ich, war ich eindeutig!"

„Er hat schon wieder angerufen?", fragte Helen betrübt.

„Vergiss es sofort! Blöd, dass ich davon angefangen habe. Viel wichtiger ist, von wem die Rose ist. Wobei du vielleicht doch kurz überlegen solltest, ob sie von Fabian sein könnte. Schließlich habt ihr euch vor einiger Zeit geküsst. Und soweit ich weiß, ist er der einzige Mann, dem du seit etwa einem Jahr näher gekommen bist", überlegte Yvonne vorsichtig.

Bei der Erwähnung des Kusses fühlte Helen wieder Fabians Hände auf ihrem Körper. Wütend schob sie die Erinnerung beiseite und schaute Yvonne fest an. „Bevor wir das Kapitel Fabian erneut schließen, muss ich *dir* wohl klar machen, dass Fabian schwul ist! Der Kuss war ein Test, der ihm verdeutlicht hat, dass Frauen ihn nicht interessieren", dozierte sie beherrscht. Yvonne schien etwas einwenden zu wollen. Vorsichtshalber ließ Helen sie gar nicht erst zu Wort kommen. „Warum sollte mir jemand, der schwul ist, rote Rosen schicken?"

Yvonne nickte betreten. „In Ordnung, ich erwähne ihn nicht mehr. Aber wer soll dann dein Verehrer sein? Ein Kerl von deiner neuen Arbeit? Gibt es dort einen, der infrage käme?"

„Ich denke, es ist ersichtlich." Helen deutete auf die Rosen. Als Yvonne nicht begriff, erklärte sie weiter. „Hast du schon mal solche Prachtexemplare gesehen? Und gleich zwei auf einem Fleck?"

„Du glaubst, die sind von Renk, *dem* Frauenheld?"

Yvonne riss erstaunt die Augen auf.

„Würde passen, oder?“ Noch einmal streichelte sie die zarten Rosenblätter.

„Meinst du, der gibt sich diese Mühe? Der hat doch X Frauen an der Hand. Und woher soll der denn wissen, wo du wohnst?“ Yvonne blieb skeptisch.

„Seine Assistentin recherchiert immer alles für ihn. Und egal, ob sie nun nach Helen Kreuzer oder Yvonne Petterfy gesucht hat, im Telefonbuch wird sie auf unsere Adresse gestoßen sein, oder?“

Yvonne dachte noch einen Moment darüber nach. „Du wirst schon recht haben. Das sind schließlich auch keine gewöhnlichen Blumen. Wollte er nicht irgendwann mit dir essen gehen?“

„Hmhm“, bestätigte Helen. „Nach meiner Premiere.“

„Na dann wünsche ich dir jetzt angenehme Träume!“ Yvonne strich Helen über den Arm und verließ das Zimmer.

11

Fabian schlug das Buch wieder zu. Er hatte gehofft, Inspiration in den Liebesbriefen von anderen Männern zu finden, und sicherheitshalber gleich drei passende Bücher gekauft. Aber vieles darin klang zu schwülstig oder zu direkt. Außerdem hatte er festgestellt, dass es ihm nicht gefiel, fremde Worte zu benutzen. Und je mehr eigene er gefunden hatte, desto sicherer wurde er sich seiner Gefühle.

Er stellte sich vor, wie Helen in seinem Bett lag, ihre Locken auf dem Kopfkissen verteilt und mit blitzenden Augen auf ihn wartend. Er wollte sie streicheln und warmhalten, ihren Körper mit Händen und Lippen erforschen, bis sie ihre Beherrschung verlor. Aber es ging ihm nicht nur um Sex. Er hoffte, ihr Geborgenheit geben zu können, sodass sie mit der Zeit Vertrauen in ihre Liebe gewinnen konnte. Er wünschte sich, morgens neben ihr aufzuwachen und den Tag mit ihr zu beginnen, und wollte ihre großen und kleinen Träume kennenlernen. Er sehnte sich so sehr nach ihr, dass sein ganzer Körper bei dem Gedanken an sie sofort reagierte. Sein Herz hämmerte in seiner Brust und sein Gehirn raste.

Wenn das nur nicht so schwierig zu schreiben wäre! Viel lieber hätte er ihr alles persönlich gesagt oder gleich gezeigt. Aber das war nicht möglich, solange er Helen nicht erreichte. Frustriert pikste Fabian ein Loch mit dem Stift in einen Papierstapel vor sich. Er konnte vor Müdigkeit kaum noch die Buchstaben entziffern, die auf dem weißen Blatt vor ihm standen.

Fabian wachte mit Nackenschmerzen auf. Er war über dem Schreibtisch eingeschlafen und erst der Wecker hatte ihn aufgeschreckt. Vorsichtig massierte er sein Genick, während er mit der anderen Hand das nervige Klingeln abstellte.

Das Papier vor ihm war zerknittert und ziemlich leer. Fabian ärgerte sich und knüllte es ganz zusammen, strich es aber sofort wieder glatt. Wenigstens ein paar schöne Worte davon konnte er für die Karte verwenden, die er mit der nächsten Rose abgeben würde, bereits die vierte.

Siedend heiß fiel Fabian ein, dass Freitag war. Der Tag der großen Jubiläumsfeier des größten Stadtfernsehsenders. Heute musste er mit Sicherheit bis spät am Abend arbeiten. Besser, er kümmerte sich vor Arbeitsbeginn um die Blume. Zumindest hatte er dann am Wochenende Zeit, den Brief zu schreiben.

Fabian wartete eine Viertelstunde vor dem Blumenladen, bevor er endlich öffnete. Er würde zu spät zur Arbeit kommen, aber das war ihm momentan egal. Renk war gewöhnlich eh nicht vor zehn da. Er selbst hatte jedoch schon um neun einen Termin und hoffte, dass Sophia die Kundin bei Laune hielt, bis er da wäre. Fabian suchte die Rose und das Kärtchen aus, beschriftete es und raste mit dem Fahrrad zu Helens Wohnung.

„Du bist überfällig! Richard ist stinksauer, weil er sich mit deiner Kundin rumschlagen muss“, empfing Sophia ihn. „Igitt, du bist ja total nass geschwitzt!“ Sie rümpfte die Nase.

Fabian schaute auf die Uhr. Viertel nach neun und Renk war schon da? Das versprach, ein stressiger Tag zu werden. Er wunderte sich darüber, wie kalt ihn das ließ. Es lag wohl daran, dass er in Gedanken bei Helen war.

„Ich ziehe mich um“, gab er kurz angebunden zurück. Im Aufenthaltsraum holte er ein neues Shirt aus einem Schrank. Er hatte keine Eile und trank noch ein Glas Wasser, bevor er sich zu seinem Arbeitsplatz aufmachte.

Gegen Mittag hatte er bereits einer weiteren Diva die Haare frisiert und deren Launen stoisch ertragen. Sogar die bösen Blicke von Renk hatten ihn nicht aus der Ruhe bringen können. Das Einzige, was seinen Puls beschleunigte, war der Gedanke an

Helen. Würde sie sich freuen, waren seine Worte gut gewählt?

Fabian ging zum Aufenthaltsraum, um sein Portemonnaie zu holen. Er hörte Renks Stimme, die gefährlich zischte, und blieb außer Sichtweite stehen. „Schick noch einmal so einen Transvestiten zu mir und du bist gefeuert!"

„Tut mir leid!" Sophias Stimme klang kläglich. „Sie, ich meine er hat sich mit seinem Künstlernamen angemeldet und ..."

„Mir egal!", unterbrach Renk sie barsch. „Dann recherchiere gefälligst vorher. Und dieses Volk vermittelst du an Fabian, klar!" Renk preschte aus dem Raum und Fabian musste zur Seite springen, um nicht umgerannt zu werden. „Pass doch auf!", brüllte Renk ihn an.

Fabian schob sich schnell an ihm vorbei, damit Renk sein Grinsen nicht sah. Dieser eitle Geck wollte immer nur die heißesten Frauen um sich haben. Wehe man könnte ihn als schwulen Friseur verschreien. So ein Transvestit war da natürlich die absolute Katastrophe für ihn. Heute sollte er Renk besser aus dem Weg gehen.

Auf einer Sofaecke saß Sophia und schniefte vor sich hin. Meistens war sie ein Biest und passte insofern perfekt in diesen Salon. Trotzdem hatte Fabian Mitleid mit ihr. Er kochte ihr einen Tee, dann schnappte er sich sein Geld und holte sich ein Brötchen vom Bäcker.

Helen schloss summend die Wohnungstür auf und kickte sie mit dem Fuß hinter sich wieder zu. Die Dachwohnung war sommerlich warm und alle Fenster standen offen. Die Vorhänge wehten in einer leichten Brise. Demnach war Yvonne auch schon da. Helen schaute sich suchend um und entdeckte sie auf der Dachterrasse auf einem Liegestuhl. „Bin da!“, rief sie hinaus.

Ohne aufzusehen, winkte Yvonne ihr träge. „Super! Schau mal in die Küche.“

Als Erstes sah Helen eine weitere Rose in der Vase und schnupperte daran. Der Duft war herrlich. Auf der Karte stand*: Für Helen, für die mein Herz schlägt! Ich hoffe, wir finden zueinander!* Ja, das hoffte sie ebenfalls! Helen seufzte.

Sie sollte sich eigentlich über die Nachricht freuen, aber stattdessen wurde sie trübselig. Sie stutzte, bis ihr klar wurde, woran das lag. Ihr Herz schlug nicht für Richard Renk, auch wenn sie sich das noch so sehr wünschte. Dennoch waren die Worte auf der Karte zauberhaft. Vielleicht verliebte sie sich ja mit der Zeit in ihn?

Nein, verbat sie sich strikt. Sie musste sich überhaupt nicht in ihn verlieben. Sie würde einfach alles mitnehmen, was ihr gut tat, ohne ihr Herz ins Spiel zu bringen. Eventuell Sex? Ganz sicher! Yvonne hatte ihr schon oft genug gesagt, dass sie wieder auf Männer zugehen sollte. Und Richard war eben der

Mann, mit dem sie Spaß haben würde!

Helen holte sich ein Glas aus einem Schrank und goss sich Eistee ein. Sie wollte noch ein paar Eiswürfel dazu tun, vergaß es aber, als ihr Blick auf einen Brief mit Yvonnes Namen darauf fiel. Neugierig drehte sie den Umschlag herum. Der Absender war Titus. Sofort eilte sie hinaus und wedelte so lange mit dem Papier vor Yvonnes Nase herum, bis die sich endlich von ihrer Liege hochgerafft hatte.

„Ja?“, fragte sie betont lässig, schnappte Helen das Schreiben aber hastig aus der Hand.

„Sag schon, was steht drin?“ Helen musste der Versuchung widerstehen, Yvonne den Brief wieder zu entreißen, um ihn selbst zu lesen.

Statt zu antworten, fischte Yvonne den Briefbogen und zwei Karten heraus. Die Karten hielt sie Helen hin, während sie verträumt über das Papier strich. „Er will mich sehen“, antwortete sie schließlich.

Helen betrachte die Karten und war für einige Sekunden sprachlos. Es waren Einladungen für diesen Abend zur Gala vom stadtgrößten Fernsehsender. „Von Titus?“, brachte sie endlich hervor. Yvonne nickte stumm. Helen wurde argwöhnisch. „Versucht er, dich damit zu bestechen?“

Yvonne grinste schief. „Kann schon sein.“

Sofort polterte Helen los. „Der Hund. Aber das schafft er niemals bei dir!“ Yvonne reagiert überhaupt nicht. „Yvonne, darauf fällst du doch nicht rein, oder?“, fragte sie nun wirklich besorgt.

„Ich glaube, sein Vorschlag ist eine Überlegung wert."

„Was für ein Vorschlag?" Normalerweise würde ihre Freundin so billige Versuche, ohne mit der Wimper zu zucken, zurückweisen.

„Er fragt mich, ob wir uns dort treffen und miteinander reden können", erklärte Yvonne. „Sozusagen auf neutralem Boden, sodass ich jederzeit wieder gehen kann, wenn ich will. Außerdem dachte er, könnte mir die Gala gefallen. Das hört sich doch ganz gut an, oder?" Verunsichert blickte sie zu Helen auf.

„Holt er dich nicht ab?" Helen war verwirrt.

Yvonne verneinte. „Titus wartet dort auf mich. Eine Karte ist übrigens für dich. Er meinte, ich würde dich bestimmt gerne an meiner Seite haben." Yvonne zog die Beine an, schlang ihre Arme darum und legte ihr Kinn auf die Knie. Sie schaute über die Dächer von Zürich.

Noch nie hatte Helen ihre Freundin so verletzlich gesehen. „Und du willst hingehen?", frage sie vorsichtig. Sie war sich nach wie vor nicht sicher, was sie davon halten sollte, wenngleich sie fand, dass Titus das gut durchdacht hatte.

Yvonne nickte. „Kommst du mit? Falls es dir die Entscheidung erleichtert, Renk wird vermutlich auch da sein." Verlegen spielte Yvonne an einem Ohrring.

Helen fühlte, wie sie ganz kribbelig wurde.

„Machst du Witze? Natürlich komme ich mit! Und wenn Richard nicht da ist, nutze ich es als eine super Gelegenheit, um auf Männerfang zu gehen", begeisterte sich Helen. Yvonne schien etwas irritiert von ihrem Elan. Helen bekam ein schlechtes Gewissen, weil sie für eine Sekunde vergessen hatte, warum sie überhaupt mitgehen sollte. „Selbstverständlich werde ich für dich da sein, falls Titus Bockmist baut!" Yvonnes Gesicht verspannte sich bei diesen Worten. Helen streichelte über ihre Schulter. „Ich habe da übrigens mal was Schlaues gelernt, von einer guten Freundin: Gehe niemals nur für einen Kerl auf eine Party, sondern immer für dich selbst, oder so ähnlich jedenfalls!" Helen stupste Yvonne an, die zu lächeln versuchte. „Wir werden uns heute schon einen lustigen Abend machen!", munterte Helen sie auf.

Bis um halb sechs blieb tatsächlich alles ruhig. Fabian hatte gerade seine letzte Kundin angenommen; Gloria Markert, eine höfliche, ältere Schauspielerin, die einen entspannten Ausklang des Arbeitstages versprach. Er stellte vor die Dame eine Tasse Tee und reichte ein paar Zeitschriften, um die Wartezeit der Färbung zu überbrücken. Statt darin zu blättern, begann die Kundin allerdings ein Gespräch. „Wie schön, dass ich an Sie geraten bin!", gestand sie.

Fabian hob fragend die Augenbrauen.

„Ich komme ja nun schon eine Weile in diesen Salon und auch viele meiner Freunde schwärmen von der Professionalität und Diskretion hier. Bis jetzt hatte ich mich jedoch hier noch nie richtig wohlgefühlt. Missverstehen Sie mich nicht!“, bat sie augenblicklich. „Ich bin mit meiner Frisur immer sehr glücklich gewesen.“ Sie lächelte entschuldigend.

Fabian hatte sich auf seinen Hocker neben sie gesetzt und aufmerksam zugehört. „Es freut mich, dass Sie nun insgesamt zufrieden sind!“

„Verzeihen Sie bitte die Frage, aber arbeiten Sie gerne hier? Ich habe das Gefühl, dass Sie nicht so recht hierher passen. Ich meine das natürlich positiv“, fügte sie schnell hinzu.

Noch vor wenigen Wochen hätte Fabian auf Anhieb laut Ja gerufen. Nun war das Gegenteil der Fall, was er wohl kaum an seinem Arbeitsplatz aussprechen durfte. Er hatte das Lügen so satt. Fast unmerklich schüttelte er den Kopf und versuchte, um eine direkte Antwort herumzukommen. „Es ist eine tolle Karrierechance für mich. Über kurz oder lang werde ich ...“ Weiter kam er nicht.

„Alle zu mir, sofort!“, brüllte Renk durch den Salon. Fabian und seine Kundin schauten sich erschrocken an. Etwas Derartiges hatte Renk noch nie gewagt. Normalerweise schlich Sophia herein und trommelte bei einem Notfall beinahe wortlos alle Kollegen zusammen.

„Na dann viel Spaß mit Ihrer Karrierechance!", scherzte Frau Markert. Fabian stellte den Wecker an seinem Gürtel auf 17 Minuten, damit er den richtigen Moment für das Ausspülen der Farbe nicht verpasste, und verließ seinen Arbeitsplatz.

„Dieses Flittchen!", tobte Renk. „Hat die Frechheit, mich um fünf anzurufen, um abzusagen! Ideen, ich brauche Ideen!", forderte er nun von seinen Angestellten.

„Lisette hat ihn versetzt. Er braucht eine Verabredung für heute Abend", zischte Sophia Fabian zu, um ihn auf den neusten Stand zu bringen.

„Was ist mit Barbara?", fragte eine seiner Kolleginnen zaghaft.

„Welche Barbara? Genauer!", brauste Renk auf. Sein Gesicht war knallrot.

„Äh, die Schauspielerin Barbara Hunnert ist seit einer Woche verheiratet", informierte Sophia die Kollegin, die sofort betreten zu Boden schaute. „Aber was ist mit dem Model Katrina?", schlug sie nun vor.

„Kommt nicht infrage", lehnte Renk kategorisch ab.

Fabian konnte sich denken, was das bedeutete. Katrina war bereits vor einigen Monaten Renks Begleitung gewesen. Wahrscheinlich war er mit ihr im Bett gelandet und das Ganze hatte kein gutes Ende genommen. Fabian fühlte eine leichte Schadenfreude.

Es fielen weitere Namen, die Renk alle abschmetterte. Seine Argumente waren ‚zu alt, zu hässlich, zu dominant‘ oder Ähnliches. „Ihr Flaschen! Nie ist auf euch Verlass!“, schnauzte er seine Mitarbeiter an. „Ich brauche ein hübsches, formbares Ding, meinetwegen auch eine Berühmtheit. Das ist doch nicht so schwierig!“

Die großen Stars stahlen Renk oft die Show, wusste Fabian. Das verkraftete sein Chef nur schwer. Andererseits waren sie die bessere Werbung. Aber das Wichtigste war noch immer, dass Renk sich mit einer schönen Frau schmücken konnte. Und wehe, jemand aus seiner Branche stach ihn aus! Besonders wenn es sein Assistent war, kannte Renk kein Pardon.

Sein letzter Hoffnungsträger hatte den Fehler begangen, seine extrem hübsche Freundin, die vorher eine Kundin und beliebtes Vorführmodel von Renk gewesen war, zu einer Feier mitzubringen. Renk hatte ihn umgehend hinausgeworfen.

Fabian hatte sich informiert, bevor er sich auf die Stelle beworben hatte. Renk hätte keinen Mann mehr eingestellt, mit Ausnahme eines schwulen. Daraufhin hatte Fabian es auf einen Versuch angelegt. Er bereitete sein Image gewissenhaft vor, studierte einige „schwule Handbewegungen“ ein und ließ vor allem Sophia die Information über seine angebliche Neigung zukommen. Erst dann schickte er seine Bewerbungsunterlagen und bekam kurz darauf eine Einladung zu einem Gespräch.

„Trainieren sie sich bloß diese furchtbaren Posen ab. Die machen mich ganz krank!", war das Erste, was Renk zu ihm sagte. Erleichtert konnte Fabian ihn sogleich mit der Umsetzung seiner Forderung beeindrucken. Zum Schluss wurde Renk nochmals argwöhnisch. „Sie sind doch schwul, oder? Ich will nämlich kein Techtelmechtel hier in meinem Salon. Weder mit meinen weiblichen Angestellten noch mit den Kundinnen!"

Fabian wusste, dass dies seine Chance für eine große Karriere war und alles, was er dafür tun musste, war ein wenig zu lügen. Er würde damit ja niemandem schaden, beruhigte er sein Gewissen. Es war so einfach gewesen und erst jetzt begriff er, wie sehr er sich damals geirrt hatte.

Fabian schreckte aus seinen Gedanken auf, als Renk sich plötzlich vor ihm aufbaute. „Ich hoffe, du denkst nach! Los, ich will eine Lösung! Von den anderen Schwachköpfen hier kann man ja nichts erwarten!", herrschte Renk ihn an.

Fabian fühlte, wie sich ein Kloß in seinem Hals bildete. Er schluckte einmal kräftig und fand seine Gelassenheit wieder. „Warum gehst du nicht alleine? Vielleicht triffst du dort ja etwas Hübsches?!" Er hatte bewusst diese Formulierung gewählt; waren doch Frauen für Renk nur nettes Spielzeug. Der ganze Raum schien den Atem anzuhalten. Fabians Chef sog scharf die Luft ein, klappte den

Mund auf und wieder zu. Es blieb einige Sekunden totenstill, bis Renk endlich antwortete.

„Natürlich könnte ich das, aber ich glaube, ich habe nun die Lösung gefunden. Alle bis auf Fabian und Sophia zurück an die Arbeit. Marsch, marsch!“, befahl er, ohne den Blick von Fabian abzuwenden. Als die anderen das Büro verlassen hatten, entspannte sich Renk ein wenig. „Wie hieß dieses süße Kätzchen von dir noch gleich, das vor einer Woche hier war und nach zwei Gläsern Sekt so herrlich anschmiegsam wurde?“ Renk leckte sich die Lippen.

Fabian spürte, wie ihm erst heiß, dann kalt wurde. Das durfte er nicht meinen!

„Helen Kreuzer, nicht wahr?“ Renk drehte sich um und schritt nachdenklich durch den Raum. „Das wäre ein passendes Schnuckelchen und sie wollte sowieso mit mir ausgehen. Eine Einladung zur Gala mit mir wird sie sicherlich nicht ausschlagen! Hübsch genug ist sie und unbedarft scheint sie obendrein zu sein. Was wisst ihr noch über sie?“, bellte er plötzlich.

Fabian blieb die Sprache weg. Sein Gehirn schien tiefgefroren und zu keinem klaren Gedanken fähig. Sophia antwortete nach längerem Schweigen unsicher. „Sie arbeitet beim Musical, soviel ich weiß.“

„Ah, richtig. Die Premiere“, erinnerte sich Renk. „Sophia, du recherchierst die letzten Shows, bei denen sie mitgemacht hat. Sie hatte diesen Künstlernamen", er grübelte, „Yvonne Petterson, oder so ähnlich. Und du Fabian rufst sie persönlich an und bittest sie hierher. Du frisierst sie so, dass sie ein echter Hingucker wird. Ach ja, Sophia, ruf die Visagistin an. Klar soweit?"

Sophia schaute besorgt zu Fabian, der einfach nur zurückstarrte. „Äh, was wenn sie keine Zeit hat?", fragte sie vorsorglich.

„Papperlapapp! Fabian hat das bisher immer hinbekommen. Er ist schließlich mein Assistent, nicht wahr? Und jetzt bewegt euch!"

Das Piepen des Weckers an seinem Gürtel riss Fabian endlich aus seiner Starre. Er musste zurück zu seiner Kundin. Aber seine Entscheidung war sowieso schon gefallen. Niemals würde er Helen freiwillig diesem Frauenheld ausliefern. „Ich werde sie nicht anrufen und nun muss ich zu meiner Kundin!" Fabian tippte vielsagend auf den Wecker.

Sofort lief Renk wieder puterrot an. „Das hier geht vor! Übergib deine Kundin an jemanden anderen! Und dann schwing dich ans Telefon!"

„Nein. Entschuldige bitte!" Fabian wunderte sich über seine eigene Ruhe, drehte sich um und ließ den völlig perplexen Richard Renk stehen. Der brauchte allerdings nicht lange, um sich zu berappeln und holte ihn auf halbem Wege ein.

„Was fällt dir ein!", brüllte er erneut durch den Salon, schien sich aber zu besinnen und zischte leise: „Ich hoffe, du hast einen guten Grund, ansonsten betrachte dich als entlassen!"

Fabian lächelte. Die Antwort war einfach. „Ich bin in Helen verliebt! Deshalb kann ich sie einem Schürzenjäger wie dir nicht überlassen, der ihr am Ende nur das Herz bricht. Sie hat etwas Besseres verdient!" Renk schnappte sichtlich nach Luft. „Ich denke, das ist ein guter Grund, oder?", fuhr Fabian ungerührt fort. „Auch wenn du mich jetzt vielleicht nicht entlässt, ich kündige auf jeden Fall!" Er fühlte sich, als ob eine große Last von seinem Rücken gefallen war. Beinahe beschwingt ging Fabian zu seinem Arbeitsplatz weiter. Gerade, als er hinter den Schirm trat, packte ihn Renk am Arm.

„Du kleine Kröte hast mich die ganze Zeit belogen! Du bist gefeuert, und zwar fristlos!"

Eiskalte Augen starrten Fabian an. Es war ihm gleichgültig. „Lass meinen Arm los!" Er sprach leise und warnend. „Meine Kundin wartet! Sobald ich hier fertig bin, packe ich meine Sachen und du wirst mich garantiert nicht wiedersehen!"

Renk drückte noch fester zu. „Du verschwindest sofort! Raus!"

„Lassen Sie den jungen Mann los! Er ist doch kein Schwerverbrecher!", empörte sich Frau Markert nun.

Renk schien erst jetzt zu bemerken, dass noch jemand anwesend war. „Sie verstehen das nicht! Es wird gleich ein anderer Mitarbeiter zu Ihnen kommen." Damit zerrte er wieder an Fabian.

Die Kundin gab aber nicht klein bei. „Ich will keinen anderen. Dieser junge Mann soll mich frisieren. Und nun geben Sie ihn frei!“ Als Renk dem nicht nachkommen wollte, griff sie nach einer Haarschere von einem Wagen und stand erstaunlich flink auf. „Ich bin hier Kundin, und auch wenn ich schon alt bin, habe ich dennoch einen gewissen Einfluss!“ Sie hielt die Schere nun dicht vor Renks Gesicht. „Falls Sie auf ihren Ruf bedacht sind, dann sollten Sie jetzt meinen Friseur freilassen.“ Ganz nebenbei ließ sie bedrohlich die Schere auf- und zuschnappen. „Ansonsten werde ich Sie anzeigen, weil meine Haare aufgrund zu langer Wartezeit beschädigt wurden. Können Sie sich das erlauben?“

Fabian hörte, wie Renk mit den Zähnen knirschte. Ruckartig zog er seine Hand zurück und verließ den Raum ohne ein weiteres Wort.

„Junge, Junge, da ist aber jemand wütend auf Sie! Erzählen Sie mir, was passiert ist? Sie müssen nicht!“, bremste sich Frau Markert sofort. „Aber ich muss gestehen, dass ich neugierig bin.“

Während Fabian ihr die Haare wusch, wich sein erstes Hochgefühl der Sorge um Helen. Er hatte bei der Arbeit alles aufgeklärt. Nur war Helen deshalb noch lange nicht vor seinem Chef sicher. Was, wenn der sie trotzdem einladen wollte? Fabian verspannte sich. Er musste sich Mühe geben, den Kopf seiner Kundin weiterhin sanft zu behandeln. Womit war Sophia wohl gerade beschäftigt?

„Ich verspreche, ich erzähle es Ihnen gleich! Ich muss nur kurz etwas regeln!" Auf der Stelle eilte er in den offenen Salon und schaute sich um. Sein Chef war nicht zu sehen. Er schlich weiter zum Eingangsbereich, wo Sophia an ihrem Schreibtisch saß.

Sie blickte kaum auf. „Wenn du fertig bist, verschwinde", sagte sie gelangweilt und tippte auf der Tastatur herum.

Fabian blieb ungerührt stehen.

„Was willst du?", fragte Sophia nun genervt.

„Dir deinen Job retten!", verkündete Fabian kühn. „Hast du schon mit Helen telefoniert?"

Sie schien irritiert. „Klar!"

Fabian sah ihr an, dass sie log. Es kam aber auch nicht darauf an, ob sie die Wahrheit sagte. Zumindest wusste er jetzt sicher, dass Renk tatsächlich Sophia auf Helen angesetzt hatte. „Dann wirst du deinen Job wohl verlieren, nach deinem letzten Schnitzer mit dem Transvestiten." Fabian versuchte gleichgültig zu klingen, war aber tierisch nervös. Würde Sophia anspringen?

„Ich weiß nicht, was du meinst." Sie hämmerte weiter auf die Tasten ein.

Fabian setzte alles auf eine Karte. Er drehte sich um und sagte über die Schulter: „Ich wünsche dir viel Glück bei der Jobsuche." Nach drei Schritten brach das Klappergeräusch vom Computer ab. Als er sich umblickte, sah er eine verunsicherte Sophia hinter dem Schreibtisch kauern. Sie war zu bemitleiden. So oder so bekäme sie die Wut von Renk ab. Vielleicht war das die Strafe für ihre Arroganz, dachte Fabian. Er war sich jetzt jedenfalls sicher, ihre ungeteilte Aufmerksamkeit zu haben. „Hatte Renk dich nicht angewiesen, zukünftig genauer zu recherchieren? Wenn er erfährt, dass Helen Kreuzer nur Bühnenbildnerin ist und kein Musicalstar, wird es hier Tote geben!“ Das war zwar etwas theatralisch, aber es tat seine Wirkung. Sophia wurde blass und tippte schnell einige Tasten auf dem Telefon. Wahrscheinlich beendete sie den automatischen Rückrufmodus, der das Telefon klingeln ließ, sobald die Leitung beim Angerufenen frei wurde. Sie hatte Helen also tatsächlich noch nicht erreicht. Mehr konnte er hier nicht tun. Fabian beeilte sich, zu seiner wartenden Kundin zurückzukehren.

12

Helen saß gemeinsam mit Yvonne auf der Rückbank eines Taxis. „Du bist ja ein einziges Nervenbündel! So kenne ich dich überhaupt nicht." Sie sah besorgt zu ihrer Freundin, die ständig an ihrem todschicken Kleid herumzupfte. Das zarte Rosa, das mit Silberfäden durchwirkt war, ließ Yvonne grazil aussehen, ja geradezu zerbrechlich. Zum ersten Mal hatte Helen das Gefühl, ihre sonst so starke Freundin beschützen zu müssen. „Ich bringe den Kerl um, wenn er dir noch einmal wehtut!", schwor sie inbrünstig aus einem plötzlichen Impuls heraus. Yvonne sah geschockt zu Helen herüber. Auch der Taxifahrer schaute ängstlich über die Schulter und bremste den Wagen ab. Helen war über sich selbst erschrocken und schlug sich mit der Hand vor den Mund.

Mit einem Mal brach Yvonne in wieherndes Lachen aus und auch Helen musste losprusten. „Du bist die beste Freundin, die ich habe!", japste Yvonne. „Trotzdem möchte ich nicht, dass du einen

Mord für mich begehst."

Als sie ankamen, schien der Fahrer froh darüber zu sein, die gackernden Mädels loszuwerden. Helen war das egal. Sie war nur dankbar dafür, Yvonne eine Sekunde von ihren düsteren Gedanken befreit zu haben. Aber sobald sie die ersten Stufen des Gebäudes hinaufstiegen, wurde Yvonne wieder ernst.

„Was, wenn er noch nicht da ist?" Yvonne hielt mitten auf der Treppe inne.

„Dann warten wir eben. Aber er ist sicher da. Offiziell hat die Party schließlich bereits vor einer Stunde angefangen."

„Oh Gott, wir sind bestimmt zu spät und er ist schon gegangen!"

Helen hätte lachen können, wenn ihre Freundin nicht so aufgelöst gewesen wäre. „Bleib vernünftig!", schalt sie Yvonne energisch. „Komm, alles Weitere klärt sich drinnen!" Sie schnappte ihre Hand und zog sie die Stufen hinauf.

Fast hätte er sie eingeholt. Fabian bremste seinen Wagen, um nicht bei Rot über die Ampel zu rasen und konzentrierte sich darauf, das Taxi mit den zwei Frauen nicht aus den Augen zu verlieren.

Seine letzte Kundin Gloria, sie duzten sich mittlerweile, hatte ihn noch eine ganze Weile beschäftigt. Sie wollte seine Geschichte sehr ausführlich hören und wünschte sich außerdem eine extravagante Frisur. So war es nach acht, als er endlich seine Sachen packen konnte, um dem Salon Renk für immer den Rücken zu kehren. Immerhin hatte Gloria ihm versichert, auch zukünftig nur ihn als Friseur zu wollen, und er sollte sich melden, sobald er einen neuen Job hätte. Fabian lächelte bei dem Gedanken an die hilfsbereite Dame.

Erst während des Gesprächs mit ihr hatte er begriffen, dass er seinen Job für die Frau, die er liebte, aufgegeben hatte, besagte Frau aber noch gar nichts davon wusste. Er fuhr auf direktem Weg zu Helen, und als er in ihre Straße einbog, sah er sie und ihre Freundin in ein Taxi steigen. Helen sah hinreißend aus in dem fließenden lila Rock und dem passenden, eng anliegenden Oberteil, das ihre weiblichen Rundungen perfekt zur Geltung brachte. Fabian hatte nicht lange nachgedacht und zur Verfolgung angesetzt.

Er parkte den Wagen mitten vor der Treppe und rannte hinter den beiden Frauen her. Jemand beschwerte sich laut wegen des Autos. Fabian beachtete es nicht weiter, denn die Frauen betraten gerade das Gebäude und ihm wurde bewusst, wo er war. Die Gala, natürlich! Hatte Renk sie doch eingeladen? Nein, beruhigte er sich, dann wäre er an ihrer Seite und nicht Yvonne. Ein anderer Gedanke blitzte auf. Er konnte sie nicht mehr erreichen, sobald sie im Festsaal waren! Er hatte schließlich keine Einladung. Fabian nahm drei Stufen auf einmal. Drinnen blendete ihn die Festtagsbeleuchtung und Schweiß rann ihm von der Stirn. Sein Blick wanderte durch den Raum. Als er Helen entdeckte, zerrte diese Yvonne bereits zur Kartenkontrolle. „Helen, warte!", rief er durch den Saal.

Helen stoppte abrupt und Yvonne rannte beinahe in sie hinein. War das möglich? Sie drehte sich um und erblickte ihn. Fabians Haar war zerzaust, er schwitzte und schien aus der Puste zu sein. Aber er war noch sexier, als sie ihn in Erinnerung hatte. Ihr Körper reagierte sofort bei seinem Anblick. Hitze kroch ihr die Brust hinauf und die Welt um sie herum schwankte leicht.

Er kam auf sie zu. Schnell. Helen schluckte trocken. Nein, sie war nicht gegen ihn immun. Sie wollte ihn noch immer mit jeder Faser ihres Körpers. Hier half nur eins: Sie musste Abstand zwischen sich und ihn bringen. Wohin konnte sie fliehen? Sie spürte, wie Yvonnes Hand sich fester um ihre schloss. „Ich bin bei dir", flüsterte sie. „Du schaffst das schon!"

Da war sie sich längst nicht so sicher. Wahrscheinlich brach sie gleich in Tränen aus oder würde wütend herumschreien. Ihr Blick fiel an den Türstehern vorbei ins Innere des Festsaals. Da war Richard! Er würde ihr die nötige Kraft geben. Helen atmete auf und marschierte auf die Tür zu.

„Helen, bitte warte!" Fabians Stimme klang flehend und schnitt ihr ins Herz. Sie ging noch einen Schritt schneller und hielt die Karten am ausgestreckten Arm dem Personal entgegen. Freundlich wurden sie willkommen geheißen.

„Ihre Eintrittskarte, bitte!“, hörte sie die Dame nun hinter sich sagen. Sofort sprangen die Türsteher an Helen und Yvonne vorbei und versperrten den Eingang. Er hatte keine Einladung, begriff sie. Steine, nein, Felsbrocken fielen ihr vom Herzen. Zurück blieb ein wehmütiges Gefühl.

„Ich möchte nur kurz mit der Dame dort sprechen.“

„Sie scheinbar aber nicht mit Ihnen!“, stellte einer der breitschultrigen Männer fest.

Helen wagte einen Blick zurück. Fabian war wirklich hartnäckig. Sie machte einen Schritt in seine Richtung. „Ich kann und will nicht mehr vor dir weglaufen, Fabian. Bitte lass mich zufrieden! Ich ertrage deine Nähe nicht!“ Von dem Tumult waren einige der Gäste angelockt worden und sammelten sich um sie. Yvonne tippte ihr aufgeregt auf die Schulter. Helen ignorierte es.

Fabian versuchte verzweifelt, an den Türstehern vorbei Blickkontakt mit ihr zu halten. „Helen, du sollst nur wissen, dass ich nicht ...“

Der Rest seiner Worte ging unter dem Gebrumm des Türstehers unter. „Sie sind wohl begriffsstutzig. Verlassen Sie diesen Ort, *sofort*!“

Gleichzeitig zischte Yvonne Helen ins Ohr. „Da

kommt Renk und, oh Gott, da ist auch Titus."

Helen wirbelte herum und sah Richard direkt vor sich. Richard musterte sie anerkennend, dann blickte er zur Tür und seine Miene verfinsterte sich. Gleich darauf widmete er aber seine Aufmerksamkeit wieder ihr. „Meine Schöne, du kannst kaum erraten, wie erfreut ich bin, dich gerade jetzt und hier wiederzusehen!"

„Mir geht's genauso!", stammelte Helen. Statt ihr wie gewöhnlich einen Handkuss zu geben, umarmte Richard sie und beugte sich vor. Reflexartig wich Helen zurück. Er wollte sie küssen, realisierte sie. Eigentlich hatte sie sich doch nichts anderes an diesem Abend gewünscht. Warum also nicht gleich? Was hatte sie noch zu verlieren? Entschlossen lehnte sie sich ihm entgegen.

Der Kuss war fordernd und feucht. Helen war erstaunt über Richards Ungestüm. Er musste sie sehr begehren, schoss es ihr durch den Kopf. Sie spürte seine Arme um sich, die immer fester zudrückten und plötzlich waren seine Hände auf ihrem Hintern. Irritiert löste sie sich von ihm.

Richard schaute in die Menschenmasse um sich und dann zu ihr. „Vielleicht ein bisschen vulgär, aber das war's wert!" Er schob Helen eine Armeslänge von sich. „Danke meine Schöne, du hast wirklich Pfeffer."

Helen runzelt die Stirn. Ein merkwürdiges Kompliment. „Äh, und danke für die tollen Rosen." Ihr war nichts Besseres eingefallen, denn der Kuss erschien ihr nicht sehr lobenswert.

Nun schien Richard verwirrt und zudem abgelenkt. Er ließ seinen Blick wieder durch den Saal schweifen. „Du meinst, die Baccara-Rose?", fragte er.

Auch Helen war geistesabwesend. Sie hatte entdeckt, dass Fabian gegangen war. Sie blockte jedes Gefühl darüber ab. Etwas abseits sah sie Yvonne mit Titus ins Gespräch vertieft. Er hielt dabei ihre Hände und trat von einem Bein aufs andere. Helen lächelte. Sie wünschte Yvonne Glück. Dann wollte sie sich um ihr eigenes kümmern. Behutsam schob sie sich an Richards Seite, bis er sie bemerkte.

„Ah, du gehst ja ran!" Er ließ seinen Blick wollüstig in ihr Dekolleté gleiten und kniff sie leicht in den Hintern. Das war nicht gerade das, was Helen sich erhofft hatte und sie brachte wieder Abstand zwischen sich und Richard. Dieses Betatschen war ihr zuwider.

„Tatsächlich, sie ist es!", unterbrach Richard plötzlich ihre Gedanken. „Schau Süße, du bist echt nicht zu verachten. Aber da vorne ist soeben ein heißes, frisch geschiedenes Starlett aufgetaucht, bei der ich Chancen habe. Und du bist schlussendlich eben nur eine Bühnenbildnerin, nicht wahr?"

Verblüfft riss sie den Mund auf. Hatte sie das richtig verstanden? Richard legte einen Finger an ihr Kinn und hob es an, wie bei einem kleinen Kind. Sie war viel zu perplex, um zu reagieren.

„Nicht traurig sein. Für den Fall, dass wir gegen Ende des Abends keine Partner gefunden haben, können wir uns noch immer eine heiße Nacht machen. Aber jetzt entschuldige mich bitte." Damit dampfte er ab.

War sie gerade zu einem Betthäschen geworden? So sah es jedenfalls aus, stellte Helen fest, während sie die Szene Revue passieren ließ. Richard wollte anscheinend nur Sex von ihr und auch nur, wenn nichts Besseres da war. Männer waren doch alle Vollidioten! Oder eben schwul. Weiter würde sie sich jedenfalls nicht herablassen. Dann lieber gar keinen Sex, beschloss sie.

13

Helen schaute auf ihren Wecker. 13:37 Uhr. Erschrocken setzte sie sich auf, sank aber gleich wieder zurück und presste sich die Hände an die Schläfen. Ein Stöhnen entfuhr ihr. Richtig, die Gala und der Wodka! Langsam kroch sie aus dem Bett und machte sich auf den mühsamen Weg ins Bad.

Yvonne passte sie davor ab. „Ausgeschlafen?“

„Wohl kaum. Mir brummt's noch zu arg im Schädel“, antworte Helen. „Wie bin ich nach Hause gekommen?“

„Mit uns in einem Taxi.“

„Uns?“, fragte Helen alarmiert.

Yvonne fing an zu lachen, was Helen dazu brachte, sich die Ohren zuzuhalten.

„Sorry“, flüsterte sie daraufhin. „Mit Titus und mir. Ich habe dich gerade in dem Moment gefunden, als du dabei warst vom Barhocker zu rutschen. Da haben wir dich nach Hause gebracht.“

„Oh je.“ Helen war das schrecklich peinlich. Wann hatte sie sich das letzte Mal so sinnlos besoffen? Die Strafe mit der Übelkeit und dem Schwindel war wenigstens gerecht, entschied sie. „Entschuldige, dass ich euch den Abend versaut habe", sagte sie kleinlaut.

„Hast du nicht. Uns hielt sowieso nichts mehr auf der Party." Yvonne grinste übers ganze Gesicht.

Helen versuchte zurückzulächeln. „Das freut mich für dich, ehrlich. Dann ist bei euch alles geklärt?"

Yvonne nickte. „Er hat mir sogar die Scheidungspapiere gezeigt und erklärt, dass er schon lange getrennt lebte. Es war ein blödes Missverständnis. Er liebt mich!" Sie bekam einen träumerischen Ausdruck. „Morgen nimmt er mich übrigens zu einem Tandemflug mit. Ist das nicht toll?"

„Große Klasse!" Es klang sarkastisch, was Helen gar nicht beabsichtigt hatte. „Ich glaube, morgen, ohne Kopfweh, kann ich mich besser mit dir freuen. Ich lege mich lieber nochmals hin."

„Natürlich. Übrigens hätte ich mich wahrscheinlich auch nach so einem Abend betrunken." Auf Helens fragenden Blick hin erklärte sie weiter: „Du hast gestern schon noch reden können! Außerdem habe ich gesehen, wie Renk dir an den Allerwertesten gefasst hat. Widerlicher Typ!"

Kurz darauf verkroch Helen sich wieder in ihr Bett. In ihrem Kopf hatte sich ein Ohrwurm von Illegal 2001 eingenistet. In einer Endlosschleife summte er: „Nie wieder Alkohol." Helen zog die Bettdecke über den Kopf. Es half nichts. Nur andere

Gedanken vertrieben den Plagegeist. Die liefen aber alle auf den Widerling Richard oder Fabian hinaus. Und wenn sie zwischen den beiden wählen musste, dachte sie tausendmal lieber an Fabian.

Was wollte er noch immer von ihr? Bei dieser Frage pochte ihr Herz sofort schneller, was leider die Kopfschmerzen verschlimmerte. Helen ließ den Ohrwurm zu Wort kommen, um sich abzulenken.

Irgendwann war sie in einen Dämmerschlaf gesunken. Sie träumte wirres Zeug von Richard, der ihr die Haare abrasierte und Fabian, der sie ihr wieder anklebte. Sie musste darüber schmunzeln, als sie erneut aufwachte. Diesmal ging es ihr erheblich besser. Allerdings war es auch bereits früher Abend.

Im Wohnzimmer fand Helen eine Nachricht von Yvonne, dass sie bei Titus sei. Sie konnte sich nicht helfen und wurde trübsinnig, obwohl sie ihrer Freundin das Glück von Herzen gönnte. In der Küche kochte sie sich eine Brühe, wickelte sich in eine Decke und setzte sich damit auf die Dachterrasse. Sofort waren ihre Gedanken wieder bei Fabian. Sie hätte mit ihm reden sollen. Nun war es zu spät. Selbst wenn er wirklich noch etwas von ihr gewollt hätte, so hatte ihn die Szene mit Richard sicherlich endgültig verschreckt. Sie fühlte müde Traurigkeit. Es war, als ob ihr Körper sich gegen die Heftigkeit der Gefühle abgestumpft hatte. Helen war das gerade recht.

In kleinen Schlucken trank sie die Suppe. Die salzige Flüssigkeit tat ihr gut. Langsam glitten die Bilder der letzten Nacht an ihrem inneren Auge vorbei. Ein leichter Ekel überfiel sie bei der Erinnerung an Richards Lüsternheit. Dann sah sie Yvonne, nervös aber glücklich neben Titus. Die Bilder wechselten sich schnell ab. Nur eines kehrte immer wieder. Fabian, wie er an der Tür stand, halb verdeckt von dem Türsteher. Seine Augen, die beschwörend auf sie gerichtet waren und dabei ihr herrlich goldenes Funkeln versprühten. Helen wurde klar, dass sie Fabian nicht vergessen konnte. Sie musste endlich lernen, mit ihrer unerfüllten Liebe zu leben.

Helens Blick wanderte über die Dächer von Zürich. Die untergehende Sonne tauchte die zwei Türme des Großmünsters in glutrotes Licht. Heute reichte die Aussicht sogar bis zum Alpenrand, der ebenfalls rosa schimmerte. Erneut drängte sich ihr die Frage auf: Was wollte Fabian ihr so Wichtiges erzählen? Helen fasste einen Entschluss. Sie würde ihm einen Brief schreiben und diesen im Friseursalon abgeben. Nein, sie würde ihn nur in den Briefkasten werfen. Es wäre zu beschämend, Richard dort zu begegnen oder jemandem, der von der gestrigen Szene wusste.

Auf diese Weise konnte sie ein für alle Mal klären, was Fabian für sie empfand und danach half ihr hoffentlich die Zeit über ihn hinweg.

„Ich habe eine Überraschung für dich!"

Fabian schreckte auf. Er hatte seine Grosi überhaupt nicht bemerkt und stützte sich nun schwer atmend auf seine Hacke. „Versuch mich bitte nicht aufzuheitern. Die Arbeit, die du mir hier aufgebrummt hast, hebt zur Genüge meine Laune", knurrte er.

„Hmm, sieht man!" Vreni hielt ihm ein Glas gekühlte Limonade hin. „Du musst übrigens nicht alle Pflanzen zerstückeln. Die hübschen dürfen gerne stehen bleiben."

Fabian schoss ihr einen bösen Blick zu, nahm aber dankend das Getränk entgegen.

„Ich wollte diese Ecke des Gartens schon lange umgestalten. Dann werde ich diesen Herbst einfach neue Zwiebeln pflanzen." Vreni begutachtete den aufgewühlten Boden. „Nur schade, dass ich bis zum Frühjahr warten muss, bis es hier wieder grün aussieht."

Fabian bekam ein schlechtes Gewissen. „Hattest du nicht gesagt, alles muss raus?"

„Nur das Unkraut. Aber halb so wild", tat Vreni seine Bedenken ab. „Ich glaube, momentan hilft der Garten eher dir, als du ihm. Vielleicht solltest du nachher lieber meinen Nachbarn beim Holzhacken zur Hand gehen."

„Haben die auch genug Holz?", fragte er grimmig.

Vreni grinste nur. „Zurück zu meiner Überraschung! Keine Widerrede!“, verhinderte sie barsch Fabians nächsten Einwand. „Du kannst dir später in Ruhe überlegen, ob du mein Angebot annehmen willst oder nicht. Jetzt räum hier auf und dann komm auf die Terrasse. Da können wir alles Weitere besprechen.“ Damit schnappte Vreni das leere Glas aus Fabians Hand und marschierte zum Haus.

Fabian sah ihr nach. Hoffentlich hatte sie nicht hinter seinem Rücken einen Job für ihn organisiert. Er wusste, dass er bald wieder etwas verdienen sollte, aber ein paar Wochen rein körperliche Arbeit täten ihm gut. Das hielt ihn von der Grübelei ab, die ihn sonst überfiel, wenn er irgendwo still herumsaß. Nur lag er so auf der Tasche seiner Grosi, was ihm auch nicht recht war. Immerhin hatte er noch am gleichen Wochenende des Gala-Abends seine Wohnung ausgeräumt und gekündigt. Vorübergehend wohnte er wieder bei Vreni, womit seine Nebenkosten relativ gering waren.

Das Geld, was er angespart hatte, um sich irgendwann selbstständig zu machen, ging jetzt an Richard Renk. Durch seine eigene Kündigung hatte Fabian den Arbeitsvertrag frühzeitig beendet und war damit verpflichtet, all seine Ausbildungskosten an Renk zurückzuzahlen. Sofort überfiel Fabian eine unbändige Wut bei dem Gedanken, dass er seinem ehemaligen Chef das mühsam ersparte Geld in den Rachen werfen musste. Ein letztes Mal drosch er mit der Hacke auf die Erde ein, bevor er die Gartengeräte zurück zum Schuppen brachte.

Vreni erwartete ihn bereits. Neben ihr lag ein Stapel mit wichtig aussehenden Papieren. „Kaffee oder was Kaltes? Bedien dich.“

Fabian goss sich Wasser ein und setzte sich dann ebenfalls. Glücklicherweise redete Vreni nie um den heißen Brei. Gleich würde er wissen, um was es ging. Erwartungsvoll schaute er zu ihr hinüber. Vreni schwieg sich allerdings aus. Fabian rutschte auf seinem Stuhl herum, um eine bequemere Position zu finden. „Grosi, was gibt's?“, fragte er nach geraumer Weile.

„Ich hätte nicht gedacht, dass es so schwierig wird“, gestand sie. „Ich weiß nicht, wo ich anfangen soll.“ Sie klemmte ihre rote Haarsträhne hinters Ohr. „Du willst doch weiterhin als Friseur arbeiten, oder?“, wollte sie endlich wissen.

Das ging wenigstens in die bereits vermutete Richtung, stellte Fabian erleichtert fest. „Grundsätzlich ja. Aber ich kann nicht noch einmal bei einem Chef wie Renk arbeiten.“ Er dachte eine Weile nach, während Vreni ihn beäugte. Es schien ihm, als ob seine Worte und Gesten auf die Goldwaage gelegt wurden. Das war sonst nicht Vrenis Art. „Ich glaube, ich brauche etwas Zeit, um wieder als Friseur zu arbeiten. Keine Sorge, ich suche mir einen anderen Job in der Zwischenzeit und zahle dir Miete.“

„Darum geht's mir nicht. Ich frage mich nur, was dich glücklich macht, beruflich meine ich. Denn was deine Herzensangelegenheit angeht, ist die Sache ja klar", fügte Vreni hinzu.

Fabian sah wieder Helens Gesicht vor seinem inneren Auge, verletzlich und gleichzeitig bestimmt, und er hörte ihre Worte: „Ich ertrage deine Nähe nicht." Als nächstes sah er, wie sie sich Richard entgegenstreckte und ihn küsste. Energisch verscheuchte er die Erinnerung. „Alles verkorkster Mist!", schimpfte Fabian lauthals. „Wenn ich nicht gekündigt hätte ..." Weiter kam er nicht.

„Dann wärst du ein noch größerer Dummkopf, als du eh schon bist!", beendete Vreni leicht verärgert den Satz. „Das war die einzig richtige Entscheidung und das weißt du! Nur so warst du frei, um der Liebe eine echte Chance zu geben. Du hast es versucht! Traurig, dass es nicht geklappt hat, aber so ist das Leben manchmal!"

Fabian wusste, dass sie recht hatte. Wenn er in Gedanken den Tag seiner Kündigung durchging, stellte er fest, dass er immer wieder so gehandelt hätte. Besonders bitter war es nur, Helen doch an Renk verloren zu haben.

„Hör auf zu grübeln!", befahl Vreni. „Schau lieber nach vorn!"

„Wohin denn?", brach es erneut aus Fabian heraus. „Da ist nichts mehr. Keine Liebe und auch keine Karriere! Aus der Traum!"

„Du gibst zu schnell auf", erwiderte Vreni beschwichtigend. „Willst du überhaupt noch einen eigenen Salon?"

„Natürlich!", gab Fabian verärgert zurück. „Nur sind meine Hoffnungen darauf geplatzt, wie eine Seifenblase. Vielleicht wäre es möglich, wenn ich mich nochmals versklaven würde. Aber das kommt nicht infrage!"

Vreni lächelte wissend. „Gut! Immerhin scheinst du *etwas* gelernt zu haben." Bevor Fabian wieder aufbrauste, redete sie eilig weiter. „Kommen wir jetzt zum Eigentlichen. Als deine Mutter dich zur Welt brachte, war sie selbst fast noch ein Kind."

Fabian war völlig überrumpelt von der plötzlichen Wendung des Gespräches. Er lehnte sich zurück und versuchte, sich zu entspannen. Skeptisch lauschte er Vrenis Worten.

„Damals hatten wir noch Raten auf das Haus zu zahlen und ich konnte deiner Mutter nichts als meine Zeit zur Verfügung stellen. Ich hätte ihr gerne mehr geboten." Vreni stockte kurz. „Den Rest kennst du. Deine Mutter verliebte sich und wählte einen Neuanfang in den USA. Du bist hiergeblieben. Ich frage mich bis heute, ob es die richtige Entscheidung war, deine Mutter auf diese Weise unterstützt zu haben."

Sie schaute verunsichert zu ihm, als ob sie eine Antwort erwartete. Seine Grosi war sonst so unbeirrbar, nichts schien sie aus dem Gleichgewicht zu bringen. „Ich habe mich hier immer wohlgefühlt und meine Mutter scheint auch glücklich zu sein."

Er hoffte, dass er sie damit beruhigen konnte. Das Verhältnis zu seiner Mutter war gut, aber er sah sie nur alle paar Jahre. Danach kam er gerne wieder hierher zurück, nach Hause.

Vreni nickte kurz. „Schön." Es klang nachdenklich. „Jedenfalls kann ich dir nun vielleicht auf eine andere Weise helfen, wenn du das denn möchtest."

Fabian wurde hellhörig. Worauf wollte Vreni bloß hinaus?

„Ich war heute Morgen auf der Bank und bin meine Finanzen durchgegangen. Das Haus ist abbezahlt und ich erhalte eine Witwenrente seit Retos Tod. Ich bin also versorgt. Dazu habe ich mittlerweile noch einen Batzen Angespartes, das ich gerade nicht brauche." Vreni atmete tief durch und hob gleichzeitig eine Hand, damit Fabian sie nicht unterbrach. „Du sagtest, dass du keinen Kredit von der Bank bekommst wegen der Sicherheit. Ich könnte dir einen geben. Ich schenke dir kein Geld!", erklärte sie sogleich deutlich. „Ich weiß, dass du das sowieso nicht annehmen würdest. Aber wir können einen richtigen Vertrag abschließen, in dem wir abmachen, wann du was zurückzahlst."

Fabian fühlte sich, als ob sein Gehirn mit Watte ausgestopft war. Es dauerte eine Weile, bis er begriff, was Vreni ihm vorschlug. „Das ist dein Geld!" Mehr brachte er nicht heraus.

„Ich hätte es auch gerne wieder! Denn ich habe ebenfalls einen Traum", gestand Vreni zwinkernd.

„Eines Tages möchte ich mit einem Kreuzfahrtschiff in die Karibik fahren. Gemütlich auf dem Sonnendeck liegen, Tequila Sunrise trinken und die Aussicht genießen." Sie bekam einen verträumten Ausdruck. „Aber ich kann das noch machen, wenn ich alt und klapprig bin. Dein Traum dagegen sollte in naher Zukunft in Erfüllung gehen! Du bist jung und dein ganzes Leben hängt davon ab. Außerdem hast du schon viel dafür investiert und ich finde es nur fair, wenn du jetzt deine Chance bekommst. Überlege es dir!" Damit klatschte Vreni die Handflächen auf ihre Oberschenkel und stand auf. „Ich gehe mal rüber in das Jugendzentrum. Dort muss ich ein paar Goofen die Ohren lang ziehen", sagte sie mit einem schelmischen Grinsen.

14

Fabian hatte nur kurz gezögert. Natürlich wollte er seiner Grosi möglichst bald alles zurückzahlen. Aber nun galt es, sich um seinen eigenen Salon zu kümmern. Er hatte sogar noch einen Platz in einem Meisterkurs ergattert und wenig später bereits passende Räumlichkeiten gefunden. Somit stand seiner Selbstständigkeit nichts mehr im Wege. Fabian war vom Hochgefühl ergriffen und über die ganze Planung hatte er es beinahe geschafft, seine Gedanken an Helen zu verdrängen. Es waren nun schon fast zwei Monate her, dass er sie gesehen hatte, damals beim Gala-Abend.

Während seiner letzten Kurswoche bekam er Post vom Coiffeur Renk. Er saß an seinem Schreibtisch, worauf seine Kursunterlagen verstreut lagen, und öffnete den großen Briefumschlag. Darin befanden sich kommentarlos sein Zeugnis und ein kleinerer Brief, auf dem handschriftlich sein Name stand. Fabian überflog das Zeugnis, das erwartungsgemäß knapp geschrieben war, und legte es zur Seite. Vielmehr interessierte ihn der andere Umschlag. Er war aus festerem Papier und kleinformatig. Also kein Geschäftsbrief, zumal kein Absender vorhanden war, wie er beim Herumdrehen feststellte. Fabian fühlte sein Herz schneller schlagen. Wer schrieb ihm eine private Nachricht? Mit Sicherheit nicht sein ehemaliger Chef.

Vorsichtig öffnete er das Couvert und zog ein Bogen mit einer roten Blumenranke darauf heraus. Er musste mehrfach nach den Papierkanten greifen, um sie zu entfalten. *Lieber Fabian, ich schreibe dir, um dir zu sagen, was ich empfinde, und um endlich Klarheit zu schaffen,* las er. Zuerst wollte er systematisch von oben nach unten lesen, konnte sich aber den Blick auf die Unterschrift nicht verkneifen. *In Hoffnung, deine Helen*. Fabian stockte der Atem. Er las es mehrmals. Langsam traute er seinen Augen. Dann kehrte er in die obere Zeile zurück und saugte jedes weitere Wort auf.

Es tut mir leid, wie der Gala-Abend verlaufen ist. Wir hätten reden sollen. Vielleicht hätte es alles geändert und mir sogar die unangenehme Eskapade mit Richard Renk erspart. Müßig darüber nachzudenken, es ist nun mal passiert. Viel wichtiger ist, dass ich in dich verliebt bin und das seit unserer ersten Begegnung. Daran hat sich auch nichts geändert, seit ich sicher weiß, dass du schwul bist.

Mein Herz zerreißt, wenn du in meiner Nähe bist und für mich unerreichbar bleibst. Deshalb hatte ich den Kon-

takt zu dir abgebrochen und ich hoffe, du hast Verständnis dafür. Dennoch muss ich ständig an unseren Kuss denken und jedes Mal spüre ich wieder diese irrige Hoffnung in mir.

Ich brauche Gewissheit, daher meine Frage: Empfindest du mehr als freundschaftliche Gefühle für mich? Sollte das möglich sein, melde dich bitte innerhalb der nächsten Woche!

Anderenfalls werde ich versuchen, dich zu vergessen. Dann melde dich nie mehr. Du tust mir sonst nur unnötig weh. Bitte akzeptiere das.

Sie liebte ihn noch! Erst jetzt bemerkte Fabian, dass er die ganze Zeit die Luft angehalten hatte, und atmete tief ein. Wann hatte sie das geschrieben? Sein Blick wanderte zum Briefrand. Sofort spürte er Panik aufkommen. Der Brief war auf den Tag nach dem Gala-Abend datiert. Damals arbeitete er bereits nicht mehr bei Renk und deshalb hatte der Brief ihn nicht gleich erreicht. Nun ging Helen davon aus, dass er keine Gefühle für sie hegte. Fabians Kehle schnürte sich zu. Wie und zu welchem Zeitpunkt sollte er sich bloß bei ihr melden? Tagsüber war er im Kurs und danach büffelte er die Kursunterlagen durch. Morgen Nachmittag würde er den Vertrag für den kleinen Salon unterschreiben.

Fabian dachte an die perfekten Räume, die in einem tollen Viertel lagen und richtig Flair hatten. Allerdings mussten sie neu gestrichen und etwas peppiger gestaltet werden. Darum musste er sich direkt nach seiner Prüfung, die in zwei Tagen war, kümmern. Ihm wurde ganz schlecht bei dem Gedanken. Die Prüfung war nicht das Problem. Eher die Gestaltung der Räumlichkeiten. Schließlich war die Einweihungsfeier bereits für die kommende Woche geplant.

Das alles war nun unwichtig geworden. Einzig Helen zählte. Fabian schaute auf die Uhr. Es war schon spät, aber noch konnte er es wagen. Er wischte seine schwitzige Hand am Hosenbein ab, bevor er nach dem Telefon griff. Diesmal wollte er nicht zu lange zögern, um Helen die Wahrheit zu sagen. Er würde alle Register ziehen, damit es diesmal klappte.

Helen setzte sich in den Hängesessel und rutschte hin und her, um eine angenehme Position zu finden. Die Premiere war gut verlaufen und sie hatte vom Schauspielhaus einen Anschlussvertrag bekommen. Bis gestern war sie auch ziemlich zufrieden gewesen. Nun hatte sie allerdings eine Woche Zwangspause, bis das nächste Projekt durchstartete. Helen war das gar nicht recht. Sie wollte arbeiten! Am besten von morgens um sieben bis abends um sieben, dann noch eine Runde joggen und ab ins Bett. So blieb ihr am wenigsten Zeit zum Nachdenken. Die letzte Nacht hatte sie schlecht geschlafen und ihr graute vor der kommenden. Sie wusste nicht, was sie mit ihrer Freizeit anfangen sollte. Heute hatte sie die Wohnung auf Vordermann gebracht. Sogar die Fenster waren geputzt. Jetzt versuchte sie sich zu entspannen, aber das untätige Herumsitzen machte sie ganz aggressiv. Sie sollte sich irgendetwas zu tun suchen. Nur was?

Sie stand auf, hämmerte auf das Radio ein, bis das Liebeslied verstummte, und schaltete stattdessen den Fernseher an. Das war schon besser, dennoch wanderten ihre Gedanken in die Richtung, die sie vermeiden wollte. Sie wünschte sich, mit Yvonne reden zu können, die momentan bei Titus war. Sie wurde zwar regelmäßig eingeladen, sie zu begleiten oder mit ihnen auszugehen, aber auf beides hatte Helen keine Lust. Ein turtelndes Liebespaar fehlte ihr gerade noch. Wobei Yvonne sich redlich Mühe gab, nicht zu viel von Titus zu erzählen oder an ihm zu hängen, wenn Helen in der Nähe war. Das war ihr wiederum unangenehm. Yvonne sollte sich doch ihretwegen nicht verstellen.

Im Fernsehen zeigten sie eine Talkshow, bei der sich nun alle in die Arme nahmen. Genervt schaltete Helen das Gerät aus und schnappte sich ein Buch. Als sie es sich bequem machen wollte, klingelte das Telefon und sie hob ab.

„Hallo, hier ist Fabian."

Helen fiel die Kinnlade herunter.

„Helen? Bist du dran?"

Seine Stimme klang vergnügt, ja geradezu aufgekratzt. Das war das i-Tüpfelchen, das ihr gefehlt hatte, um richtig auszurasten. Wie konnte er es wagen, jetzt noch anzurufen? Helen hatte gute Lust, gleich wieder aufzulegen. Aber sie überlegte es sich anders. Wenn er schon anrief, sollte er auch etwas zu hören bekommen! Endlich konnte sie ihm ihre ganze Wut an den Kopf werfen. Vielleicht war das nicht ganz fair, aber ihr ging es sicherlich danach endlich besser.

„Du solltest aus meinem Leben verschwinden!“, brüllte sie in den Hörer. Dann rasselte sie alle Schimpfworte herunter, die ihr einfielen. Es tat richtig gut. Mit jeder ausgespuckten Beleidigung hatte sie das Gefühl, etwas Energie zurückgewonnen zu haben. Nachdem ihr die gebräuchlichen ausgegangen waren, kramte sie ungewöhnlichere hervor, wie ‚Du Matschbeutel, Grütznase, du Eimer, Erbsenhirn, schleimige Ratte‘, bis sie Luft holen musste. Das hatte gut getan und Fabian mit Sicherheit eingeschüchtert. Allerdings gesellte sich nun doch ein wenig schlechtes Gewissen dazu. Hatte er es wirklich verdient, so beschimpft zu werden.

„Ich denke, das habe ich verdient.“

„Uuh, komm mir nicht so!“ Es wäre leichter für sie gewesen, wenn er ebenfalls gewettert hätte. Nun nagte aber endgültig das schlechte Gewissen an ihr.

„Helen, bitte!“ Es klang flehend.

Einerseits gefiel ihr das ganz gut, andererseits zerriss es ihr das Herz. ‚Nur jetzt nicht weich werden!' feuerte sie sich selbst an. „Nichts da! Es ist zu spät, du hattest deine Chance! Ruf nicht wieder an und wage es nicht, mich irgendwo abzupassen! Sonst ...", Helen grübelte kopflos, „sonst rufe ich die Polizei!" Okay, das war ziemlich übertrieben, aber vielleicht würde das wirken.

„Was ist mit deinem Versprechen?", fragte Fabian gehetzt. „Ich brauche dich! Bitte!"

Helen verstand nicht. „Wovon redest du?"

„Mein Salon, du hast versprochen mir zu helfen. Ich habe doch keine Ahnung", stotterte er.

Ihr dämmerte es langsam, worauf er hinaus wollte. „Was?!" Sie hörte das Entsetzen in ihrer eigenen Stimme. „Du willst mich nach alldem noch daran binden?", fragte sie leise.

„Du sprichst ja sonst nicht mit mir!", erklärte Fabian trotzig. „Helen, ich ..."

Sie schnitt ihm das Wort ab. „Stopp!" Sie atmete tief ein und überlegte einen Moment. Sollte sie diesmal eine Ausnahme machen? Sie hatte noch nie ein Versprechen gebrochen und das war eines der wenigen Dinge, die ihr heilig waren. Frostig sagte sie: „Ich halte meine Versprechen." Dann kam ihr eine Idee. Sie würde es an einige Bedingungen hängen. Wenn er sich daran nicht hielt, würde sie ihr Versprechen auch nicht halten. „Sage mir nur das Nötigste! Ein Wort zu viel und ich breche die Arbeit ab! Das ist der Deal, sonst helfe ich dir nicht." Sie hörte, wie Fabian verzweifelt aufstöhnte. Sie ignorierte es. „Und? Wann soll ich anfangen?" Ihr war es lieber, es bald hinter sich zu bringen.

„Schlüsselübergabe ist übermorgen. Du könntest dazukommen und wir reden über die Sache."

„Nein." Helen war stolz darauf, wie selbstsicher ihre Stimme klang. „Du schreibst alles auf. Schlüssel und Nachricht kannst du mit Sicherheit irgendwo hinterlegen." Auf eine plötzliche Eingabe hin ergänzte sie: „Und du kommst zur Abgabe und nicht früher! Ansonsten lasse ich alles stehen und liegen und du kannst es selbst fertigstellen."

„Du machst es komplizierter als nötig. Ich will dir doch nur sagen ..."

„Noch ein Wort und ich lege auf! Ich halte, was ich verspreche aber nur unter meinen Bedingungen. Du hast die Wahl. Ich gebe dir meine neue Handynummer und du schickst mir eine SMS, wann und wo ich sein soll." Sie diktierte ihm die Nummer und legte kurzerhand auf.

Erst jetzt spürte sie, dass sie zitterte. Warum tat er ihr das an? Das hätte sie niemals von Fabian gedacht. Tja, so konnte man sich irren, stellte sie fest. Sogar nach all ihren Männererfahrungen hatte sie wohl noch immer nicht alle Frechheiten erlebt. Helen setzte sich zurück in den Sessel, sprang aber sofort wieder auf und rannte in den Flur, wo sie ihr Handy aus der Handtasche zog.

Natürlich hatte sie noch keine SMS bekommen. Das konnte ja heiter werden, wenn sie von nun an jede Minute nachschauen musste, um sich zu vergewissern, dass sie nichts verpasste. Genau deshalb hatte sie den Kontakt mit Fabian doch abgebrochen. Nervös lief sie auf und ab. Das war definitiv ein Notfall! Helen drückte die Schnellwahltaste auf ihrem Telefon und nach zwei Pieptönen meldete sich Yvonne.

„Kannst du kommen? Gleich?“, fragte sie ohne Begrüßung.

Eine knappe Viertelstunde später schloss Yvonne sie in die Arme. Sofort sprudelte Helen hervor, was passiert war.

Yvonne grinste hämisch. „Du bist ein richtiges Biest! Aber er hat's auch verdient.“

„Und jetzt?“, frage Helen verzweifelt. „Ich habe das Gefühl, alle Munition verschossen zu haben. Wie soll ich mich denn noch wehren? Außerdem bin ich total nervös, weil ich seine SMS erwarte.“

„Da hilft nur Ablenkung. Danach wird dir sicher etwas einfallen. Also, welche DVD soll's sein?“

Helen fühlte sich erleichtert. Mit Yvonne konnte sie die Zeit überstehen. „Danke!“

Yvonne machte eine wegwerfende Handbewegung. „Kein Problem. Was hältst du von einem Horrorfilm, bei dem ausschließlich Männer gequält werden?“ In hämischer Freude rieb sie sich die Hände.

Yvonne wusste ganz genau, dass Helen keine Horrorfilme schaute. Helen lachte und spielte mit. „Aber nur, wenn alle Männer Fabian heißen!“ Plötzlich summte das Handy in Helens Hand. Sie ließ es vor Schreck fallen und starrte es an. Yvonne hob es auf und las ihr die SMS vor. Ab morgen Abend konnte sie Schlüssel und Nachricht beim Hausmeister abholen. „Jetzt musst du nur noch etwa 24 Stunden rumbringen, bis du seinen Salon siehst.“

„Und ich Idiot hatte mir Arbeit gewünscht, kurz bevor Fabian anrief. Jetzt habe ich Arbeit, aber ganz sicher nicht die, die ich wollte“, erklärte Helen grimmig. „Nun ist ja alles geklärt. Wenn du möchtest, kannst du wieder zu Titus gehen“, schlug sie zaghaft vor.

„Quatsch. Wir machen einen Mädelabend! Der Letzte ist schon viel zu lange her.“

Irgendwie überlebte Helen die Nacht und auch den nächsten Tag. Yvonne hatte sie gebeten, alle ihre Schuhe zu putzen, womit sie immerhin fast drei Stunden beschäftigt war. Vielleicht hätte sie aber auch nicht jedes Riemchen an den Sandalen erst säubern und dann einsprühen müssen. Danach war der Kühlschrank dran gekommen und zuletzt hatte sie alle Vorhänge gewaschen, gebügelt und wieder aufgehangen. Helen hätte sich niemals als besonders hausfraulich bezeichnet. Aber nun war sie erstaunt, was sie alles gerne tat, wenn sie sich ablenken musste.

Am Abend stand Yvonne ihr wieder zur Seite. „Bereit? Dann wollen wir mal." Damit hakte sie sich bei Helen unter und stapfte los.

„Ich schaff das auch so!", maulte Helen, obwohl sie ganz glücklich über Yvonnes Gesellschaft war.

„Weiß ich doch. Aber schließlich bin ich neugierig und will mir auch den Palast von Fabian anschauen!"

Kurz darauf stiegen sie aus dem Bus und hielten nach der richtigen Straße Ausschau. Sie befanden sich am Rand der Innenstadt und waren von Wohnhäusern aus der Gründerzeit umgeben. Es war eine vornehme Gegend.

Nachdem sie durch einige Gassen gewandert waren, entdeckte Yvonne die Hausnummer und staunte. „Nicht schlecht." Das Eckhaus, vor dem sie standen, hatte riesige Fenster und ließ die Abendsonne ihre Strahlen hineinwerfen. Im Erdgeschoss reichten die Fenster sogar bis zum Boden und sie konnten dahinter den ehemaligen Friseursalon erkennen.

Helen war ebenfalls beeindruckt von dem hübschen Altbau. Sie hielt sich aber nicht länger auf, sondern suchte nach der richtigen Klingel an der Nachbartür und drückte darauf. Ein älterer Herr öffnete im Erdgeschoss ein Fenster und winkte Helen ran. „Sie sind die Freundin von unserem neuen Friseur, nicht wahr?"

Helen wollte eigentlich verneinen, aber die weiteren Erklärungen waren ihr zu kompliziert. „Ich soll hier streichen", antwortete sie stattdessen.

Der Mann nickte und streckte ihr einen Briefumschlag entgegen. „Adieu!", sagte er knapp und verschwand wieder hinter seinen Gardinen.

„Was für ein Kauz!", stellte Yvonne fest. „Na, mach schon auf", drängelte sie dann.

Helen zog den Schlüssel aus dem Umschlag und öffnete die Tür. Drinnen tanzten Staubkörner im Licht und sie wirbelten beim Eintreten noch mehr Staub vom dunklen Parkettfußboden auf. Die bereits installierten Waschbecken waren herrlich altmodisch. Im hinteren Zimmer fand sie die passenden Spiegel zum Schutz mit Folie umwickelt. Es waren wunderschöne Räumlichkeiten. Helen zog einen kleinen Zettel aus dem Umschlag und las die wenigen Worte. *Liebe Helen, ich danke dir, dass du gekommen bist! Entscheide frei, wie du alles farblich gestalten möchtest. Das Mobiliar für die Einrichtung findest du in den hinteren Räumen. Arrangiere alles so, wie du es möchtest. Es wird mit Sicherheit schön. Ich freue mich, dich am Samstagmittag zu sehen.*

Er nannte noch das Budget, das ihr zur Verfügung stand. Das Geld war ebenfalls im Umschlag. Helen strich mit dem Finger über die Buchstaben und fühlte einen Stich in ihrem Herzen. Gleichzeitig zerrte etwas an ihrem Unterbewusstsein. Sie versuchte es zu greifen, aber gerade in diesem Moment stürmte Yvonne herein.

„Ich hab's!“, rief sie.

„Was hast du?“ Verdattert blinzelte Helen sie an.

„Oh, du bist schon wieder gefühlsduselig. Leugne es nicht!“, mahnte sie Yvonne und überflog selbst kurz die Nachricht von Fabian. „Umso besser!“, stellte sie fest, als sie das Geld in Helens Händen sah. „Du bist doch immer noch sauer auf ihn, oder?“

Helen horchte einen Moment in sich hinein. In ihrem Inneren herrschte mal wieder Chaos. Neben vielen anderen Gefühlen entdeckte sie aber auch die lodernde Wut und nickte kräftig.

„Und dieser Job hier macht dir Spaß?“

„Komm zum Punkt. Du weißt, warum ich hier bin.“ Helen stemmte die Hände in die Hüften.

„Oh gut!“ Yvonne deutete auf Helens angriffslustige Geste. „Du hast also noch genug Kampflust. Das musste ich erst klären“, entschuldigte sich Yvonne. „Das hier ist jedenfalls *die* Gelegenheit dich auszutoben“, erklärte sie endlich.

Es dauerte einen Moment, bis Helen verstand. „Rache?“ Sie ließ die Arme sinken.

„Wenn du so willst.“ Yvonne zwinkerte verschwörerisch. „Wichtig ist nur, dass es dir dabei besser geht. Ob du ihm schadest oder nicht, kannst du ja nicht wissen, oder?“

„Aber ich habe ihm mein Versprechen gegeben“,

wehrte Helen sich.

„Musst du doch nicht brechen." Yvonne zog Helen wieder in den Hauptraum zurück. „Was ist dein größtes Problem mit ihm? Warum seid ihr nicht in der Kiste gelandet?"

Helens Gedanken drifteten ab. Fabians Atem in ihrem Nacken ...

„Erde an Helen! Er ist schwul! Und er hat dir falsche Hoffnungen gemacht! Er hat eine Abreibung verdient", ereiferte sich Yvonne.

Der Zorn flackerte wieder in Helen auf. Ihre Freundin hatte recht. Fabian war unfair gewesen. Mehrmals sogar. „Was für eine Idee hast du?", fragte sie kühl.

„Pink!"

„Pink?" Helen riss die Augen auf.

„Na ja, schwul eben! Alles, was du willst! Du könntest Plüschvorhänge mit Quasten machen und Pomponpuschel an die Spiegel. Vielleicht ein Glasperlenvorhang zum hinteren Bereich", legte Yvonne los.

„Und da er ja tatsächlich schwul ist, könnte ich ja gedacht haben, dass es ihm gefällt!" Helen grinste hinterlistig. Fabian würde sein blaues Wunder erleben. Nein, sein pinkes, verbesserte sich Helen in Gedanken. Sie fühlte, wie Kraft sie durchströmte und ihre Hemmung verpuffte. Sie schürzte die Lippen, nahm den Raum nochmals in Augenschein und nickte bedächtig. Das war ein Plan.

15

Fabian pfiff „It's the final countdown“, das er eben im Autoradio gehört hatte, und lief die Straße zu seinem Salon hinunter. Die Prüfung war hervorragend gelaufen, aber seine Nervosität ließ leider nicht nach. Er hatte Helen geschrieben, dass er erst morgen vorbeikäme. Noch eine schlaflose Nacht würde er nicht überleben. Also hatte er beschlossen, bereits an diesem Freitag in den Salon zu schauen.

Er hatte den Gedanken an die Konfrontation mit Helen bis zu seiner Prüfung versucht zu verdrängen. Das war ihm immerhin teilweise gelungen. Jetzt stürmten alle Sorgen auf ihn ein. Er stand vor den riesigen Fenstern, die mit Packpapier zugeklebt waren. Dahinter war Licht, soviel konnte er erkennen. Helen war demnach da. Fabian bemerkte, dass sein Atem schneller ging, und versuchte sich zu beruhigen. Was würde passieren, wenn er nun hineinging? Helen würde ihn umbringen oder flüchten, schoss es ihm durch den Kopf. Eine andere Stimme redete ihm gut zu, dass sie doch erwachsen waren und bestimmt eine Lösung fänden. Irgendwie konnte Fabian dieser Stimme nicht glauben. Dies war vielleicht seine letzte Chance mit Helen zu reden, bevor sie ihn möglicherweise wegen Belästigung anzeigte. Er musste also lieber auf Nummer sicher gehen.

Vorsichtig drückte Fabian die Türklinke hinunter. Es war abgeschlossen. Schnell hatte er seinen Zweitschlüssel zur Hand und schloss auf.

War da ein Geräusch. Sofort hatte Helen das Radio ausgeschaltet und blickte zur Tür. Sie hörte das Schloss knacken und sah, wie in Zeitlupe die Tür aufging. Übelkeit stieg in ihr auf. Sie wollte wegrennen, aber ihre Schuhe schienen mit Beton gefüllt zu sein. Keinen Millimeter konnte sie sich rühren. Warum hatte sie hier nur nachts alleine arbeiten wollen? Natürlich, damit alles fertig war, bevor Fabian zur Abnahme kam und sie ihm nicht begegnen müsste. Und jetzt würde sie wegen ihrer Boshaftigkeit bestraft werden und Opfer eines Überfalls. Sie sah, wie ein Mann mit braunem Haar und funkelnden Augen sich in den Raum schob. Dann wurde ihr klar, dass es Fabian war und Erleichterung durchströmte sie. „Man hast du mich erschreckt“, rief sie laut aus. Das letzte Wort blieb ihr allerdings in der Kehle stecken. Es war Fabian! Der Mann, dem sie am allerwenigsten begegnen wollte. Vor allem, nachdem sie seinen Salon derartig hergerichtet hatte. Ihr Blick fiel auf den Spiegel vor sich, den sie gerade mit einer rosa Boa verzierte. Sie sah zu Fabian hoch, der geschockt auf ihr Werk blickte. Gleich würde er sie umbringen! Sie musste raus hier! Helen ließ die Heißklebepistole fallen und stürmte los.

Fabian konnte nur schwer seinen Blick von dem Federungetüm auf dem Boden abwenden. Erst, als die über und über mit pinken Fusseln behangene Helen auf ihn losstürmte, wachte er aus seiner Trance auf. Sie wollte fliehen! Hatte er nicht einen Plan gehabt? Sein Gehirn setzte wieder ein und Fabian drehte sich blitzschnell um. Mit einer Handbewegung hatte er die Tür zugeschmissen und mit Helens Schlüssel abgeschlossen, der glücklicherweise von innen steckte. Er vergrub ihn in seiner Hosentasche. Sein eigener Schlüssel steckte zwar noch von außen, aber das war momentan unwichtig.

Helen kam abrupt vor ihm zum Stehen. Er sah Angst in ihren Augen. Geschmückt mit den Federn sah sie, wie ein gefangener Vogel aus. Fabians Herz zog sich bei diesem Anblick zusammen und er schaute zur Seite. „Helen ...", setzte er an, dann nahm er die Wandfarbe des Raumes war. „Oh mein Gott!" Das grelle Rosa biss geradezu in seine Augen. Fassungslos starrte er auf die Gardinen, die mit vielen Raffungen und Rüschen bis zum Boden hingen. Der Salon hatte sich in eine Barbie-Puppenstube verwandelt. Fabian schnürte es die Kehle zu. „Warum ...?" Mehr brachte er nicht hervor, als er Helen wieder ansah. Das verschreckte Vogelgesicht war verschwunden. Stattdessen glich sie nun einer angriffslustigen Katze, die ihre Krallen ausfuhr.

„Es passt zu dir! Du bist schwul!", fauchte sie. „Lass mich raus!" Eine Locke hatte sich aus ihrem Zopf gelöst. Wütend strich sie die Strähne aus der Stirn.

Es dauerte einen Augenblick, bis er verstand. Er hätte lachen können, wenn es nicht gerade sein Salon gewesen wäre, den sie verunstaltet hatte. „Du Biest! Außerdem bin ich nicht ..." Mit Wucht wurde er plötzlich von Helens Schulter getroffen und prallte gegen die Wand. Ihm blieb die Luft weg. Helen schien selbst erschrocken über ihren Angriff und blieb einige Schritte von ihm entfernt stehen. Sie fasste sich schnell wieder. „Lass mich sofort gehen!" Ihre Stimme zitterte noch etwas, hatte aber bereits wieder einen Befehlston.

Fabian rappelte sich auf. „Gleich! Hör mir nur kurz zu!" Er sah, wie sie sich zu einem zweiten Angriff klar machte, und hob abwehrend die Arme. „Du kannst dir den Schlüssel holen. Er ist in meiner rechten Hosentasche." Es tat seine Wirkung. Helen zögerte. Aber nur kurz. „Ich bin nicht schwul", brüllte er. Seine Worte waren aber schon im nächsten Angriff untergegangen. Helen versuchte, eine

Hand in seine Tasche zu schieben und drückte ihn dabei an die Wand. „Ich bin nicht schwul!“, rief er nochmals. Es schien nicht in ihr Bewusstsein zu gelangen.

Er spürte, dass sie den Schlüssel schon halb aus der Tasche hatte. Kurzerhand umarmte er Helen und drückte sie an sich. Mit aller Kraft trat sie ihm vors Schienbein.

„Ich bin nicht schwul!“ Es war diesmal eher ein Jaulen. Trotz des Schmerzes, der ihn durchschoss, ließ er sie nicht los. Er hob nur das schmerzende Bein und wickelte es um Helens Knie. Er erwartete den nächsten Hieb und brüllte durch zusammengebissene Zähne zum wiederholten Male seine Formel. Der nächste Tritt raubte ihm das Gleichgewicht. Er hielt Helen fest gepackt und rutschte mit ihr an der Wand hinab, bis sie beide auf dem Boden lagen. Sie wehrte sich weiter und kurzerhand begrub er sie einfach unter seinem Gewicht. Sie ächzte, aber seine Worte schien sie noch immer nicht wahrzunehmen. Als er sich mit seinem Gesicht dem ihren nährte, wurden ihre Augen weit.

„Ich liebe dich“, flüsterte er, dann küsste er sie. Endlich schien sie zu begreifen. Sie lag ganz still und schließlich küsste sie zurück. Nicht leidenschaftlich, eher vorsichtig. So zärtlich wie möglich berührte er ihre Lippen. Es war wundervoll ihre warme, weiche Haut zu spüren. Aber er würde nicht noch einmal den gleichen Fehler begehen. Erst mussten sie reden. Er stützte sich auf und ließ ihr mehr Luft zum Atmen. „Verzeih mir bitte. Ich wollte dich nicht verletzen!“ Er sah sofort wieder die Angst in ihren Augen und spürte, wie sie sich versteifte. Er musste schnell sein, bevor sie sich wieder verschloss. „Dass ich schwul bin, war eine Lüge, die ich aus Karrieregründen brauchte. Ich erkläre es dir später genauer. Aber viel wichtiger ist, dass ich die ganze Zeit in dich verliebt war, es dir nur nicht sagen konnte, weil ich sonst meinen Job riskiert hätte. Ich hätte dir vertrauen sollen. Aber ...“, es fiel ihm keine gute Begründung ein, die Helen nicht verletzt hätte.

„Aber ich kann nun mal keine Lügen für mich behalten“, beendete Helen den Satz.

Er schaute besorgt zu ihr. Sie schnaufte verächtlich. Er war sich nicht sicher, ob das ihm oder ihr selbst galt. Kurz darauf wischte sie mit einer Hand über ihr Gesicht, als ob sie unliebsame Gedanken verscheuchen wollte. „Und ich hätte dir früher zuhören sollen“, gestand sie. „Du bist ganz sicher hetero?“

Über die Unsicherheit in ihrer Stimme musste er lachen. „Über nichts bin ich mir sicherer! Ich beweise es dir!“ Er beugte sich wieder über sie und küsste sie. Ihre Lippen öffneten sich leicht und nach wenigen Sekunden war ihre Zurückhaltung verfolgen.

Helen spürte, wie die Leidenschaft sie packte. Ihr Körper hatte sich so lange nach Liebe gesehnt, dass er nun buchstäblich nach Fabian schrie. Über ihre Lippen kam ein erregtes Keuchen, als Fabian an ihrem Ohrläppchen knabberte. Ihre Zunge suchte ihren Weg zurück zu seinem Mund und erforschte die Innenseite seiner Lippen. Sie saugte daran, sie wollte ihn in sich aufsaugen. Noch immer glomm ein schwacher Zweifel in ihr. Um nicht darüber nachzudenken, stürzte sie sich auf Fabian. Sie drehte ihn auf den Rücken und setzte sich rittlings auf ihn. Ihre Hände krochen unter sein T-Shirt, während seine unter ihres glitten. Aus seiner Position gelang es ihm nur mühsam, seine Finger unter ihren BH zu schieben. Entschlossen zog sie ihr Shirt aus und löste den BH. Dann zerrte sie an seinem Hemd. Endlich durfte sie ihn berühren und gleichzeitig seine Hände auf ihrem Körper spüren. Sie nahm die Anspannung seiner Muskeln war, hörte seinen schnellen Atem und roch den leichten Duft von Schweiß vermischt mit Männerdeo. Dann sah sie etwas viel Wichtigeres. Seine Hose spannte sich deutlich in seinem Schritt. Helen fuhr mit ihren Fingern darüber und hörte Fabian stöhnen. Sie selbst erschauerte und ließ ihre Hüfte auf seinem Schenkel kreisen. Ihr ganzer Körper pochte! Sie wollte ihn! Ihre Hände fanden seine Gürtelschnalle und fingerten daran herum. Plötzlich setzte Fabian sich auf, schlang gleichzeitig seine Arme um sie, damit sie nicht nach hinten kippte.

„Langsam, wir haben Zeit“, flüsterte er. Überrascht zuckte er zurück, als ob ihm eben erst klar geworden wäre, was er gesagt hatte. „Du glaubst mir nicht?“ Es klang nicht vorwurfsvoll, eher besorgt.

Helen stockte der Atem und sie fühlte in sich hinein. Er hatte recht. Sie wollte ihm glauben. Aber etwas in ihr konnte es nicht. Zärtlich strich er ihr eine Haarsträhne aus dem Gesicht. Sie spürte, wie die sexuelle Energie sich aufzulösen begann. Nicht schon wieder, dachte sie. „Ich will jetzt nicht denken, Fabian“, sagte sie ungehalten. „Ich brauche Sex! Alles andere klärt sich später.“ Langsam näherte sie sich ihm wieder, aber er schüttelte nur den Kopf.

„Ich will nicht nur Sex mit dir haben. Ich will dich lieben dürfen. Lass uns reden, bevor wir hier weitermachen. Vielleicht können wir so Vertrauen aufbauen.“

Helen rückte ein Stück von ihm ab. „Du bist doch schwul, oder? Kein Hetero-Mann der Welt würde Sex unterbrechen, um zu reden!“ Sie fühlte sich betrogen und wollte aufstehen, um sich wieder anzuziehen. Gerade in diesem Moment hörte sie wieder ein Knacken von der Tür und sah, wie diese aufgeschoben wurde.

„Fabian, bist du da?“, fragte eine Frauenstimme zögernd.

Erschrocken umschlang Helen ihren Oberkörper. Sofort war Fabian an sie herangerutscht und versuchte sie, so gut es ging, durch eine Umarmung zu schützen. Helen presste sich an ihn.

„Der Schlüssel steckte noch. Hallo?“, erklang es nochmals.

„Mist!“, fluchte Fabian leise.

Eine ältere Frau mit einer roten Haarsträhne im ergrauten Haar betrat den Raum und schaute sich um. „Oha!“, entfuhr es ihr. Dann entdeckte sie die zwei verschlungenen Gestalten in der Ecke und ihre Augen wurden weit. „Oha!“, wiederholte sie nochmals.

„Hallo Grosi!“ Verlegen lächelte Fabian.

„Du bist nicht nach Hause gekommen. Ich wollte doch nur wissen, wie die Prüfung ... Ich habe geklopft ...“, stammelte sie. „Verzeihung!“ Mit schnellen Schritten war sie wieder am Ausgang. Dort hielt sie inne, drehte sich kurz um und musterte Helen. Ein Strahlen lief über ihr Gesicht. „Braune Locken“, rief sie entzückt, dann wurde ihr wohl klar, dass sie gerade eine fast nackte Frau anstarrte. Sie warf den Schlüssel auf den Boden und lief schnell hinaus.

Helen atmete erleichtert auf, als die Tür zufiel. Sie versuchte wieder etwas Abstand zwischen sich und Fabian zu bringen, aber der hielt sie fest umklammert.

„Vergiss es! Ich lass dich nicht wieder los“, entgegnete er auf ihren Befreiungsversuch. „Versuch dich zu entspannen. Bitte! Im Zweifelsfall stell dir vor, dass ich dich nur wärme. Aber ich werde dich ganz sicher nicht loslassen!“ Es klang unumstößlich. „Und ich bin nicht schwul!“

Helen machte noch einen halbherzigen Versuch, sich zu lösen aber Fabian wich keinen Millimeter. Tatsächlich fror sie überall dort, wo sie nicht seinen Körper berührte. Sie zitterte leicht und wusste nicht, ob es von der Aufregung oder der Kälte kam. Er drückte sie noch weiter an sich und strich über ihren Rücken. Es funktionierte. Sie konnte selbst spüren, wie ihr Widerstand sich legte. Nach einer Weile schmiegte sie sich an ihn und suchte eine bequeme Position für ihren Kopf. In dieser engen Umarmung schien etwas in ihr zu schmelzen. Für eine Sekunde versuchte sie es aufzuhalten, obwohl sie eigentlich schon wusste, dass es zu spät war. Der Schmerz, den sie hinter dem Eis bewahrt hatte, brach über sie herein. Sie spürte Tränen ihre Wangen hinabfließen und versteifte sich wieder. Was würde Fabian von ihr denken, wenn sie jetzt heulte?

„Nicht! Bitte!“, flüsterte Fabian in ihr Ohr. „Lass es zu!“ Er hielt sie weiter fest und küsste sie auf die Stirn.

Die ganze Enttäuschung, die Anspannung und Angst wich einem Gefühl der Erleichterung. Es brauchte nicht viele Tränen, bis Helen das Gefühl hatte, endlich wieder im Gleichgewicht zu sein. Sie schaute auf. „Damals war ich schon im Salon, bevor du mich gesehen hast und Richard Renk“, sie schüttelte sich bei dem Namen, „mit mir geflirtet hat.“ Sie erzählte von ihren stressigen Jobs und ihrem Plan, Fabian danach zu überraschen und wie sie ihn dann versehentlich belauschte. „Warum hast du behauptet schwul zu sein?“ Helen legte ihren Kopf wieder an seine Schulter und wartete auf eine Antwort.

„Deshalb hast du den Kontakt abgebrochen, nicht wahr?“ Helen nickte nur. Fabian erklärte ihr, wie er an seinen Job gekommen war und warum Richard Renk nur einen schwulen Assistenten akzeptierte. „Damals wollte ich noch Starfriseur werden und so viele Möglichkeiten gibt es dafür nicht. Also nutzte ich die Chance. Richard stellte mir in Aussicht, nach meiner Assistentenzeit von drei Jahren, die Meisterschule zu bezahlen und mich als Geschäftsführer für eine seiner Filialen einzusetzen. Ich dachte, dass sich damit all meine Träume erfüllen würden und ich auf diese Weise zu meinem eigenen Salon käme. Es dauerte lange, bis ich begriff, dass die Welt der Stars nicht meine ist.“ Er schien einen Moment in Gedanken zu sein. „Hast du denn nicht meine Rosen bekommen?“, wechselte er das Thema.

Helen runzelte die Stirn. „Die waren von dir?“

„Von wem sonst? Hattest du noch andere Verehrer?“, fragte er erstaunt.

„Richard."

„Richard Renk?" Fabian war völlig baff.

„Ich dachte es jedenfalls. Er hatte mir zum Abschied dieselbe Art Rose geschenkt, wie die, die danach immer vor der Tür lagen. Da glaubte ich, dass sie von ihm waren, schließlich warst du ja schwul. Und auf den Kärtchen stand kein Name." Plötzlich klatschte Helen sich mit einer Hand an die Stirn. „Die Schrift! Sie ist mir auf deinen Renovierungsanweisungen bekannt vorgekommen. Es war die gleiche, wie auf den Kärtchen!" Sie schüttelte ungläubig den Kopf. Wieso war ihr das nicht früher aufgefallen? Dann kam ihr ein neuer Gedanke. „Warum hast du dich erst jetzt gemeldet? Was war mit meinem Brief?"

Fabian erzählte ihr von dem Tag seiner Kündigung und warum ihn der Brief erst so spät erreicht hatte.

„Zu blöd!" Sie musste lachen.

Unerwartet wummerte es an der Tür. „Ich mache die Tür jetzt auf!", hörten sie es dumpf von draußen.

„Das ist übrigens meine Großmutter", erklärte Fabian, während er sie fester in den Arm nahm. „Und ich habe sie mein ganzes Leben lang noch nie so verdattert erlebt, wie vorhin!"

Helen musste grinsen. Die Tür öffnete sich einem Spalt und etwas Unförmiges wurde hineingeschoben.

„Viel Spaß!“, gluckste es noch, dann schloss sich die Tür wieder.

„Ich schätze meine Grosi, aber manchmal erscheint sie mir ein wenig verrückt. Ich schließe jetzt mal lieber ab.“ Behutsam löste er sich von Helen. Nachdem die Tür verschlossen war, schob er das Paket heran. Gemeinsam hoben sie zwei kuschelige Wolldecken hoch. Darunter befand sich ein großer Korb, gefüllt mit Früchten, Brot, Käse und Wein. Auf einem Zettel stand *‚Liebe macht hungrig!‘* und darunter verbarg sich eine Packung Kondome. Helen konnte sehen, wie Fabian die Schamesröte ins Gesicht stieg und spürte, wie ihre eigenen Wangen heiß wurden. Sie grinste Fabian verwegen an. „Haben wir jetzt eigentlich genug geredet?“ Langsam kroch sie auf ihn zu. Helen wusste nicht, wie ihr geschah, da hatte Fabian bereits eine Decke ausgebreitet und sie lag rücklings darauf. Er streichelte ihre Taille und kitzelte ihre Brustwarzen mit seiner Zunge. Ein Schauer überrieselte sie und sofort war das Pochen zwischen ihren Beinen wieder erwacht. „Jetzt haben wir genug geredet!“, bestätigte er mit rauer Stimme.

Er nahm sich Zeit, sie so lange zu erregen, bis Helen keinen klaren Gedanken mehr in ihrem Kopf hatte. Es gab nur noch eines; sie wollte ihn in sich spüren. Begierig drückte sie seine Hand in ihren Schritt. Als er sie wieder wegzog, fühlte sie beinahe so etwas wie Wut und zerrte seine Hand wieder zurück. Sie fühlte sich wie ausgehungert und endlich schien ihr Fabian zu geben, was sie brauchte. Er öffnete ihre Hose und zog sie aus. Sie bebte ihm entgegen, als er ihre Beine spreizte. Aber Fabian küsste sich von ihrem Hals abwärts, bis seine Zunge in ihrer Scham den Punkt fand, der ihr die größte Lust verschaffte. Helen stöhnte auf, als sie seinen rhythmischen Zungenschlag spürte. Er ließ nicht nach, auch nicht, als sie sich aufbäumte. Und endlich, endlich spürte sie, wie eine innere Explosion ihren Körper erbeben ließ und nichts als Zufriedenheit zurückließ.

Fabian gönnte ihr nur eine kurze Pause, dann begann er erneut sie zu streicheln. Die Lust erwachte wieder und ihre Hüfte schob sich ihm entgegen. Als er in sie eindrang, stöhnten sie beide auf. Ihre Beine umschlangen seinen Unterleib und sie drückte ihn tief in sich hinein, bis sie sein Pulsieren spüren konnte. Er begann, sich zu bewegen, wurde immer schneller und brachte erst sie und dann sich zum Höhepunkt.

Keuchend lagen sie nebeneinander auf dem Boden. Nachdem sich ihr Atem wieder beruhigt hatte, zog Fabian die zweite Decke heran und deckte sie zu. Helen legte ihren Kopf auf Fabians Brust und schlief fast augenblicklich ein.

Später wachte sie mit knurrendem Magen auf. Das Licht brannte noch immer und sie hatte keine

Ahnung, wie spät es war. Fabian öffnete die Augen, sobald sie sich bewegte. Entschuldigend griff Helen in den Korb und fischte ein paar Weintrauben heraus.

„Gute Idee!“ Fabian setzte sich auf und schnitt Brot und Käse auf. Nackt aßen sie ihr Nachtmahl und danach fielen sie wieder übereinander her.

„Wir haben noch Zeit“, sagte Helen trotzig und drängelte Fabian an die Wand. Sie befanden sich im privaten Bereich seines Friseursalons. Neben ihr standen zwei Tabletts mit Sektgläsern, die darauf warteten, gefüllt zu werden.

„Genau!“, stimmte Fabian ihr zu. „Zum Beispiel heute Nacht und morgen früh!“ Er spürte ihre Brustwarzen durch den Stoff ihres hautengen Kleides und seine Erregung wuchs. „Aber gleich kommen die Gäste und wir müssen noch einiges vorbereiten.“ Im Geiste versuchte er, die Liste durchzugehen. Das meiste war bereits erledigt. Vor allem hatten sie es geschafft, den Salon am Wochenende umzugestalten; nicht ohne zahlreiche Unterbrechungen. Fabian lachte in sich hinein. Nun erstrahlten jedenfalls die Räume in unterschiedlichen Beigetönen, wirkten sonnig und einladend. Nur den einen Spiegel mit der pinken Boa hatten sie genau so belassen. Er brachte ihn jedes Mal zum Lachen, wenn er ihn sah.

Fabian wand sich aus der Umarmung, stellte sich

mit dem Rücken zu Helen und versuchte sich, auf das Öffnen der Sektflasche zu konzentrieren. Das war reichlich schwierig, wenn sich gleichzeitig ein paar Finger die Innenschenkel hinaufbewegten. Als die Hand seinen Schritt erreicht hatte, stöhnte Fabian auf, und mit einem Knall löste sich der Korken. Er setzte die Flasche ab und drehte sich herum. „Du bist unersättlich!“

Helen klimperte unschuldig mit den Wimpern. Sie erkannte sich selbst kaum wieder. Sie bestand aus purer Lust und hatte sich noch nie so frei gefühlt.

„Immer noch Angst, dass es bald vorbei sein könnte?“ Fabian streichelte ihr über die Wange.

Sie schmiegte sich an ihn. „Nein, aber ich genieße deine Nähe und ich habe eine Menge nachzuholen. Außerdem, was kann ich dafür, wenn du so eine Wirkung auf mich hast?“ Deutlich spürte sie seine Erregung. Wie, um sich zu vergewissern, suchte ihre Hand nach der Wölbung. „Dachte ich mir damals schon, dass dies eine sehr merkwürdige Reaktion für einen Schwulen ist. Oder ist das vielleicht normal? Müssen wir eigentlich etwas dagegen tun?“, fragte sie in spielerischer Besorgnis.

Fabian schloss die Augen und gab sich ihren Fingern hin. „Das ist normal, für einen schwer verliebten Hetero.“ Seine Stimme klang belegt. „Aber bald sollten wir etwas dagegen tun. Sonst kann ich meine Gäste nicht begrüßen.“ Fabian beugte sich vor und küsste Helen. Seine Hände wanderten ihre Beine hinauf und schoben sich unter ihren Rock.

„Sie sind da, sie sind da! Wo ist der Sekt?“, gellte plötzlich eine Stimme aus dem Hauptraum. Helen und Fabian nahmen sie kaum wahr. „Och Kinder, nicht schon wieder!“ Vreni war nach hinten gekommen und hatte sich überrascht umgedreht, als sie die beiden beinahe in flagranti erwischte.

Peinlich berührt, aber grinsend, lehnte Helen ihre Stirn an Fabians Schulter und zupfte ihren Rock zurecht.

„Ich wollte nur mitteilen, dass Gloria Markert und die Presse gerade eintreffen. Habt ihr den Sekt im Griff und bringt ihn raus?“, frage Vreni förmlich.

Fabian lachte leise. „Danke Grosi, wir kommen.“ Schnell entfernte sich die sonst so forsche Frau wieder. „Kommen wir wirklich gleich?“, fragte er seine Liebste sanft und umarmte sie. „Wir könnten uns im Bad einschließen, oder durchs Fenster abhauen.“

Er sah so ernst aus, dass Helen zu lachen anfing. „*Wir* haben noch viel Zeit. Aber die Leute von der Presse sind garantiert ungeduldiger als ich.“

Er nickte bedächtig und griff nach der Sektflasche. „Wollen die denn auch alle Sex von mir? Damit bekäme ich zumindest eine aufsehenerregende Pressemitteilung.“ Der Schalk funkelte in seinen Augen.

„Unterstehe dich! Oder ...“, sie überlegte fieberhaft. „Oder ich verkünde, dass du mit Richard Renk eine Affäre hattest!“

Fabian kräuselte angewidert die Nase. „Das wäre wirklich rufschädigend! Zum Glück würdest du dich bereits nach kürzester Zeit verplappern und kein Mensch nähme dir die Lüge ab.“ Er grinste breit. Bevor sie Einwände erheben konnte, verschloss er ihren Mund mit einem leidenschaftlichen Kuss.

Danksagung

Es gibt so vielen Menschen, denen ich für ihre direkte und indirekte Hilfe auf dem langen Weg zu diesem Buch danken möchte.

Mein Dank gilt meinen Lehrern für ihre aufrichtige Weitergabe ihres Wissens. Besonders hervorheben möchte ich Ulrike Dietmann, meine Mentorin: Ich danke dir für deine wunderbare Unterstützung!

Meiner großartigen Freundin und Grafikerin Simone Herbener sei endlich auf diesen Seiten einmal angemessen gedankt! Du hast fantastische Arbeit geleistet und ohne dich wäre mein „Schreibfluss“ nicht das, was er heute ist.

Meinen Schreibwölfen möchte ich hier ebenfalls danken: Ihr wunderbaren Kollegen, ihr seid grandiose Motivatoren!

Und zuletzt möchte ich meinem Mann danken, der mich von Anfang an bei all meinen Schreibprojekten unterstützt hat. Er hat sogar diesen Frauenroman korrekturgelesen. Tapfer!

Heide-Marie Lauterer

"Mörderischer Galopp"

Ein Krimi aus dem mörderischen Reitstall-Alltag, unterhaltsam, humorvoll, gnadenlos.

www.spiritbooks.de

Andrea Zieglowski

"Zi-Za-Zu, der kleine Zauberer"

Beim Krötenschleim, dieses Kinderbuch muss jeder kleine Zauberer und jede kleine Zauberin vorgelesen bekommen, um auf fiese Wurzelwerge und hinterlistige Füchse vorbereitet zu sein und zu wissen, wie man den Schatz findet.